LA LOMA DEL ANGEL

COLECCIÓN CANIQUÍ

EDICIONES UNIVERSAL, Miami, Florida, 1995

Reinaldo Arenas

LA LOMA DEL ANGEL

EDICIONES UNIVERSAL

———

Primera edición de *La Loma del Ángel*, 1987 de Mariel Press.

Primera reimpresión de Ediciones Universal, 1995
Segunda reimpresión de Ediciones Universal,
2001.

EDICIONES UNIVERSAL
P.O. Box 450353 (Shenandoah Station)
Miami, FL 33245-0353. USA
Tel: (305) 642-3234   Fax: (305) 642-7978
e-mail: ediciones@ediciones.com
http://www.ediciones.com

Library of Congress Catalog Card No.: 95-60528
I.S.B.N.: 0-89729-519-6

Diseño de la cubierta por Juan Abreu
Dibujo de la cubierta por José Bedia

Foto del autor en la cubierta posterior por Marcia Morgado

(Los originales de *La Loma del Ángel* de Reinaldo Arenas se encuentran en la
biblioteca de la Universidad de Princeton, New Jersey, USA.)

INDICE

Para Dolores M. Koch.
Porque sin su estímulo este libro nunca se hubiese
escrito.

Angel de la jiribilla, ruega por nosotros. Y sonríe.
José Lezama Lima

SOBRE LA OBRA

Cecilia Valdés o *La Loma del Angel*, del escritor cubano Cirilo Villaverde, es una de las grandes novelas del siglo XIX. El autor comenzó a escribirla en La Habana hacia 1839, luego marchó al exilio y la terminó en Nueva York donde se publica íntegramente en 1882.

Esta novela ha sido considerada como un cuadro de costumbres de su época y también como un alegato antiesclavista, pero en realidad es mucho más que eso. La obra no es solamente el espejo moral de una sociedad envilecida (y enriquecida) por la esclavitud, así como el reflejo de las vicisitudes de los esclavos cubanos en el pasado siglo, sino que también es lo que podría llamarse *"una suma de irreverencias"* en contra de todos los convencionalismos y preceptos de aquella época (y, en general, de la actual) a través de una suerte de incestos sucesivos.

Porque la trama de **Cecilia Valdés** no se limita a las relaciones amorosas entre los medio hermanos Cecilia y Leonardo, sino que toda la novela está permeada por incesantes ramificaciones incestuosas hábilmente insinuadas. Tal vez el enigma y la inmortalidad de esta obra radiquen en que al Villaverde presentarnos una serie de relaciones incestuosas, consumadas o insinuadas, nos muestra la eterna tragedia del hombre; esto es, su soledad, su incomunicación, su intransferible desasosiego, y, por lo tanto, la búsqueda de un amante ideal que por ello sólo puede ser espejo —o reflejo— de nosotros mismos.

La recreación de esa obra que aquí ofrezco dista mucho de ser una condensación o versión del texto

9

primitivo. De aquel texto he tomado ciertas ideas generales, ciertas anécdotas, ciertas metáforas, dando luego rienda suelta a la imaginación. Así pues no presento al lector la novela que escribió Cirilo Villaverde (lo cual obviamente es innecesario), sino aquélla que yo hubiese escrito en su lugar. Traición, naturalmente. Pero precisamente es ésa una de las primeras condiciones de la creación artística. Ninguna obra de ficción puede ser copia o simple reflejo de un modelo dado, ni siquiera de una realidad, pues de hecho dejaría de ser obra de ficción.

*En cuanto a la literatura como re—escritura o parodia, es una actividad tan antigua que se remonta casi al nacimiento de la propia literatura (o por lo menos al nacimiento de su esplendor). Baste decir que eso fue lo que hicieron Esquilo, Sófocles y Eurípides en la antiguedad y luego Shakespeare y Racine, para sólo mencionar a los autores más ilustres de todos los tiempos. La ostentación de tramas originales —ya lo dijo brillantemente Jorge Luis Borges— es una falacia reciente. Así lo comprendieron Alfonso Reyes con su **Ifigenia cruel**, Virgilio Piñera con su **Electra Garrigó** y hasta Mario Vargas Llosa en **La guerra del fin del mundo**. De manera que con antecedentes tan ilustres ni aun una torpeza tan desmesurada como la mía necesita mayor justificación... De todos modos, creo que cuando tomamos como materia prima un argumento conocido se puede ser, desde el punto de vista de la invención creadora, mucho más original, pues en vez de preocuparnos por una trama específica nos adentramos libremente en la pura esencia de la imaginación y por lo tanto de la verdadera creación.*

Las "conclusiones" conque termina este libro tampoco con precisamente aquéllas a las que llegó Villaverde en el suyo. Sin embargo, en ambos creo ver lo que es patrimonio del género humano y que nosotros, modestos voceros (o escritores), reflejamos: la búsqueda incesante de una redención, búsqueda que a pesar de la renovada infamia —o tal vez por ella— siempre se acrecienta.

R. A.

PRIMERA PARTE

(LA FAMILIA)

CAPITULO PRIMERO
La madre

Desde su cuarto, que es el de toda la familia, Rosario, junto a su hija recién nacida, oye el ruido de una calesa que se acerca. Doña Josefa abre la puerta y ya Rosario puede escuchar la conversación que sotiene su madre con quien fuera su amante, don Cándido de Gamboa.

—Vengo a buscar a la niña.

—¿A dónde la lleva?

—A la Casa Cuna. Yo me ocuparé de que no le falte nada. Pero nadie puede saber que soy su padre.

—¿Y Rosario?

—Ella tiene que comprender que es la única solución. No se habrá imaginado que yo iba a reconocer a la niña como hija propia, a no ser que esté loca.

Don Cándido y Josefa entran ahora en el cuarto. Toman a la niña que llora casi con desgano y en seguida se calla.

—Rosario —dice Josefa ya en la puerta con su nieta en los brazos—, es lo mejor que se puede hacer...

Rosario no habla. Cierra los ojos y parece dormir. Pero así, con los ojos cerrados, contempla aún mejor el panorama de toda su vida: nieta de abuela esclava y de hombre blanco y desconocido; hija de mulata oscura y de un hombre blanco y desconocido; mulata, amante de un hombre blanco que ya la abandona y madre de una niña que tampoco conocerá a su padre. Ahora comprende que sólo fue un objeto de placer para aquel hombre que se lleva a su hija, y que la miseria, el desprecio y el desamparo es todo lo que posee. Y comprende más, comprende que en ese mundo donde vive

13

(o habita) no hay sitio para ella ni siquiera en el olvido.

Pues tendrá que salir a la calle, trabajar, ver y servir precisamente a los que la desprecian y humillan. Hipócrita, sumisamente, tendrá que besar la mano que desearía ver cortada, o cortar ella misma.

Rosario abre ahora los ojos y mira para el altar donde está la virgen traspasada por una espada de fuego y con el niño en brazos.

—Qué consuelo —pregunta, o se pregunta— podrá ayudarme a seguir viviendo.

(Porque lo peor de todo no era sólo que le quitaran a su hija, sino que el padre, el hombre que amó y ama, era quien se la quitaba. Y al hacerlo ni siquiera miró para ella, la madre).

—La locura, la locura— le pareció que alguien decía en voz lejana y suave que casi arrullaba y adormecía, como hubiese ella arrullado y adormecido a su amante, o al menos al fruto de ese amor.

—La locura, la locura...— volvió alguien a repetir aún más suave, más dulcemente.

Y Rosario Alarcón enloqueció.

CAPITULO II
El padre

Loca, claro. Rosario tenía que estar completamente loca para pensar que yo, don Cándido de Gamboa y Lanza, futuro Conde de la Casa Gamboa —título que ya tengo bien pagado a los mismísimos Reyes de España—, iba a reconocer públicamente a una hija expósita, tenida a contrapelo con una mulata casi negra, como es ella, la Rosario.

Pero es que con los negros nunca se queda bien; si les das una paliza eres un déspota, si no se la das eres un imbécil y te roban hasta las brasas del fogón... En verdad yo he sido demasiado bueno. ¿Quién en este mundo se ocupa de una hija natural tenida con una negra por puro placer? Nadie. Sólo Cándido Gamboa. ¿Quién ha hecho posible que nuestra hija, Cecilia, mulata y todo haya tenido una educación en esa casa de beneficencia y que nada le haya faltado, ni a ella ni a su abuela, ni a su madre? A todas las he mantenido yo, con mi trabajo, con mi fortuna. ¡Y todavía hablan mal de mí! ¿Qué querían? ¿Que acogiera a Cecilia como una hija más? ¿Que la trajese a vivir a mi casa con mis hijos reconocidos? ¿Que la hija de una negra viviera con mis hijas blancas y con mi hijo Leonardito? ¿Que mi propia esposa, la señora doña Rosa de Gamboa, futura condesa, saliese a pasear en volanta con la mulatica como si fuera su propia hija? ¡Qué diría la gente...! ¡Lo menos que Cecilia no era siquiera hija mía, sino de Rosa con algún negro del barracón! ¡Ya eso sería el colmo!

Pero en un país de negros y mulatos hay que esperar lo peor. El ejemplo, desgraciadamente, lo tenemos en la mismísima Cecilia que ya tiene doce años —sí, doce años hace que se atarantó la Rosario—, casi una mujer, y lo único que hace es vagabundear por las calles y pla-

15

zas, chancletear día y noche, jugar, tanto con los negros
como con los mulatos y blancos. De seguro que su fin
no será bueno... Claro, si se enteran de que yo soy su
padre dirán que soy un verdugo por no haberla reconocido como hija legal. Pero lo cierto es que todas las semanas visito a su abuela y le doy una onza de oro para
los cuidados de la niña. ¡Una onza de oro! Y trato de
que no se junte con los negros ni con los mulatos y que
se recoja temprano en su casa. Pero a su abuela, como
buena negra, las palabras le entran por un oído y le sa-
len por el otro.

Ayer mismo estuvo aquí Cecilia ¡En mi propia casa!
Mis hijas la vieron pasar por la calle y la convidaron a
jugar. Le hicieron mil preguntas y estaban encantadas
con los cabellos rizos de la mulatica. Yo la miraba con
recelo, diciéndome: *es el mismo retrato de mi hija
Adela*... Y creo que hasta mi esposa, que se le escapó al
diablo, notó el parecido y se puso seria. Si ella se entera
de que esa mulatica es hija mía se arruinaría la familia y
los títulos de la Casa Gamboa... Aunque aquí el que no
tiene de congo tiene que carabalí ¡Y cómo no ha de ser
así, con esas negras semidesnudas que para ir de la cocina al comedor hacen mil meneos! Y esos cuerpos, y
esas caderas... Pero yo sí que no tengo nada de negro,
ni siquiera soy, por fortuna, criollo. Español de pura
cepa, he hecho mi fortuna sudando la gota gorda.

He sido albañil y carpintero, he vendido maderas y
tejas, y sobre todo, he arriesgado mi fortuna, y a veces
hasta el pellejo, trayendo sacos de carbón —esto es, negros del Africa— y vendiéndolos aquí a los señores de
los ingenios, con lo que he contribuido al desarrollo de
esta isla y gente malagradecidas. Es cierto que mi matrimonio con Rosa también me ayudó mucho, ella tenía su
fortuna. Pero yo la he triplicado con mi trabajo... Yo
tengo un ingenio, un cafetal, un barracón lleno de negros bozales. Yo tengo una mansión en el centro de La
Habana, con zaguán y volantas. Yo tengo a mi hijo es-
tudiando en el Seminario de San Carlos. Y todo eso que
yo tengo lo he hecho yo, trabajando duro. ¡Y todavía
dicen que soy malo y hasta que le tiro en la cabeza a mis
esclavos lo primero que tengo a mano! Falso. Sólo
rompo en sus cabezas platos de barro, fanales de vidrio,
objetos de cobre o sillas rústicas. Cosas de poco valor.

16

Cecilia chancletea por toda La Habana vieja

CAPITULO III
Cecilia

Tenía doce años y su pasión era caminar; mejor dicho, chancletear; perderse por las intrincadas calles de La Habana haciendo repicar las suelas de madera de sus sandalias. Ir y venir desde la Capitanía General hasta la Puerta de Monserrate, entrar a plazas e iglesias atronando con su paso.

A veces, sin que su abuela lo supiese, cruzaba la muralla y se paseaba por todo el barrio del Manglar. Tocaba incluso a la puerta de alguna casa y antes de recibir respuesta echaba a correr dejando la estela de una enorme polvareda. Otras, se metía sin autorización en el patio del convento de los padres belenitas y provocaba, tanto en los jóvenes como en los viejos curas, un enorme alboroto.

"Cecilia, Cecilia", parecía oir la voz de su abuela, llamándola desde la casa en el callejón de San Juan de Dios. Pero ella, Cecilia, estaba ahora hablando con las hijas de Cándido Gamboa; sobre todo con su hijo, Leonardo, que siempre aprovechaba la menor oportunidad para darle un pellizco o para acompañarla hasta el mercado de la plaza vieja donde negros libertos, mulatos y hasta españoles pregonaban a voz en cuello todo tipo de mercancía, desde una navaja hasta un pavo real, desde unos tirantes elásticos hasta una horca portátil.

Pero su pasión no era aún Leonardo, sino la calle. Parecía como si no pudiera detenerse en ningún sitio. En pleno mediodía cuando todos en la ciudad, salvo los esclavos, dormían la siesta, el ruido de sus chancletas retumbaba agresivamente sobre el empedrado, sobre los puentes de madera y hasta sobre los tejados de barro que ella, a esa hora, rompía con su paso para furia de los dueños de la casa y de los esclavos que, por orden

17

del amo, tenían que correr tras ella por toda la ciudad sin darle nunca alcance.

"Cecilia" la llamaban las negras para ofrecerle (gratis) una tortilla recién sacada del burén, las niñas desde las ventanas enrejadas para tirarles del pelo, los muchachos para que jugara con ellos a la pelota, las viejas para preguntarle cómo sigue doña Josefa... Pero ella no responde. Su placer no es llegar a sitio alguno, sino pasar, pasar corriendo. Seguir.

Sabe que si se detiene invariablemente comenzarán las preguntas. ¿Eres negra o blanca? ¿Quién es tu padre? ¿Quién te mantiene? ¿Cuál es tu historia? ¿Es cierto que te pusieron en la inclusa?

Y su historia, al menos para ella, era un enigma. Sus referencias son sólo una abuela mulata que nadie sabe de qué vive, una bisabuela negra que, según dicen, es bruja, una cicatriz en el hombro derecho y un apellido, Valdés, con el que bautizan en la Casa Cuna a los niños de padres desconocidos.

Los demás tienen hermanos, padres, madres, alguien a quien poder odiar o amar, parecerse o renegar. Ella tiene las calles, los portales y la claridad del día. Ella se tiene sólo a sí misma y por eso sabe (o intuye) que si deja de hacer ruido deja de ser.

CAPITULO IV
La abuela

Cuando Cecilia regresa a la casa, siempre tarde en la noche, doña Josefa está aún despierta, aguardándola. Teme que un día la muchacha no regrese. Teme —presiente— que el destino de su nieta será como el suyo o como el de su hija Rosario, o el de su propia madre: un destino desolado.

Cecilia se enamoraría de un hombre blanco que la utilizaría como una amante; una mujer que se visitaría en secreto sólo cuando se tuviesen deseos de desahogarse.

En realidad, ya Cecilia estaba enamorada de un hombre blanco, aunque quizás ni la propia Cecilia lo sabía. Pero ella, la abuela, había visto la elegante figura de un joven conversar con su nieta tras los balaustres de la ventana. Hablaban en voz baja y evidentemente no era la primera vez que se encontraban. Quizás cuando ella, la abuela, se ausentaba de la casa ese hombre había entrado allí; tal vez ya eran amantes.

Silenciosamente, como ese andar de sombra ya típico en ella, doña Josefa se había llegado hasta la sala y había reconocido al apuesto joven. Era Leonardo Gamboa —el hijo de don Cándido—: el hermano de Cecilia. Ese era quien la cortejaba. Y ese era el hombre que Cecilia amaba, y no precisamente como a un hermano.

Sin duda se trataba de una maldición o de una burla, pensó la abuela refugiándose en la habitación y contemplando la virgen traspasada por la espada de fuego que resplandecía (gracias a una vela encendida) en su ermita. De tanto haber ocultado el verdadero parentesco de Cecilia Valdés, su propio hermano, sin saberlo se había enamorado **de ella**. Y ella de él. Eso era lo peor.

¿Qué diría don Cándido cuando lo supiera? Porque tarde o temprano lo sabría... Quizás mandaría a matar a su hija o por lo menos la expulsaría de la ciudad; le suspendería la ayuda. Se morirían de hambre.

Y después de todo —seguía pensando doña Josefa—, ¿no era lógico que Cecilia se buscase un hombre blanco? ¿Qué futuro podría tener casada con un mulato o un negro en un país de esclavos? Criada, vendedora ambulante, costurera, cocinera. Todo eso en el mejor de los casos... Tenía ya dieciocho años. Nadie podía pensar, a primera vista, que era de la raza negra. Tal vez podría hasta casarse con un hombre blanco, tener hijos. Para no perjudicarla ella, la abuela, no volvería a verla. En cuanto a Rosario Alarcón, loca de cepo, como la llamaban las monjas de la Casa de las Recogidas, jamás se preocuparía por su hija. Y el pasado de Cecilia era sólo una cicatriz en forma de medialuna hecha por doña Josefa para poderla identificar entre tantos niños de padres anónimos depositados en la Casa Cuna.

Pero, desde luego, si como todas las mujeres de la familia, el destino —y el deseo— de Cecilia era vivir con un hombre blanco, ese hombre no podía ser su propio hermano, se dijo a sí misma doña Josefa y decidió de inmediato, y a pesar de todo, visitar a don Cándido Gamboa para ver de qué manera podían ellos ponerle fin a ese asunto sin peores consecuencias y sin que doña Rosa se enterara.

CAPITULO V
Doña Rosa

Doña Rosa Sandoval y de Gamboa, como buena mujer celosa era también desconfiada. Por eso, desde el principio no creyó en la palabra de su esposo don Cándido Gamboa, cuanto éste, pretextando una reunión urgentísima con hacendados o negreros, se ausentaba por la noches de la residencia. Con gran habilidad se las agenció para que el esclavo Dionisios, que hacía de maestro cocinero (y en quien ella tenía una relativa confianza), portando diversos y complicados disfraces espiase a su esposo.

El resultado de estas pesquisas no se hizo esperar:

—El amo está amanceabao con una mulata bellísima que vive en el callejó de San Juan de Dió y que le acaba de parir una mulatica que es un primor ¡Mi ama, si usted la viera! ¡Es igualitica que su hija, la niña Adela!...

—Así que don Cándido ha tenido una hija con una negra...

—Con una negra no, señora, con una mulata...

—¡Da igual, imbécil! —interrumpió doña Rosa, y luego mirando fijamente al negro le ordenó: —¡Cierre la puerta de la habitación y desnúdese inmediatamente!

—¡Pero mi ama! ¿Qué he hecho yo de malo? Sólo he seguio sus órdenes y lo que le digo es la verdad ¿Por qué me va a dar de azotes?

—Nadie le va a azotar, Dionisios —replicó doña Rosa—. Sólo le he ordenado que se desvista.

El negro, aún temeroso, se quitó los anchos y gastados calzones de cañamazo, esperando que de un momento a otro restallaran en su espalda los latigazos.

21

Pero doña Rosa, en lugar de golpearlo, se acercó a él y hábilmente empezó a inspeccionar todo su cuerpo. Examinó ganglios, rodillas, palma de las manos y planta de los pies, le hizo sacar la lengua y le sopesó varias veces el miembro y los testículos.

—Espero —dijo luego de haber terminado su minucioso reconocimiento— que no tenga usted alguna de esas enfermedades contagiosas de los negros del barracón.

—Ná he tenío ni tengo, señora, a no ser una viruelas negras que se me reventaron cuando me sacaron de la Gran Guinea.

—Bien. Entonces escuche lo que debe usted hacer: Ahora mismo me va usted a poseer y me va a dejar preñada de un negro. ¡De un negro, oyó! o de lo contrario lo mando para las pailas del ingenio donde se convertirá en azúcar parda.

—¡Por el amol de Dió mi ama!

—¡No abra más la boca y al grano! — ordenó enfurecida doña Rosa, quitándose la enorme bata de casa y quedando completamente desnuda frente al temeroso esclavo.

Dionisios, aún confundido titubeó, pero las miradas que le lanzaba doña Rosa eran tan conminatorias que el esclavo, temiendo por su vida, acercó su cuerpo a las vastísimas proporciones de su ama.

—¡Recuerde que le he ordenado un negro! — Recalcó doña Rosa.

—Señora, no sé si mis luces alcanzarán para tanto —protestó el cocinero.

—Cállese y proceda con más rapidez —le interrumpió de nuevo doña Rosa—, que de un momento a otro llega don Cándido y le corta la cabeza.

Terminado el apareamiento, doña Rosa declaró:

—Bien, ahora sepa usted que si comenta con alguien lo que me ha hecho no contará con más de veinticuatro horas de vida para repetirlo.

—Nada le he hecho a mi ama —protestó el esclavo entrando en sus calzones.

—¡Cómo que nada me has hecho! ¡Sinverguenza! —protestó doña Rosa airada y satisfecha— ¡Y ahora, largo! ¡Largo! ¡A la cocina! Que ya mi honor ha sido bien reparado.

CAPITULO VI
La Loma del Angel

Nueve meses después, doña Rosa, sintiendo ya los dolores del parto y comprendiendo, desde luego, que no podía parir un negro en su residencia, fue a la Iglesia del Angel, enclavada en la loma de ese mismo nombre y, gracias a su jerarquía, solicitó ser confesada por el mismo obispo, el señor don Manuel Morell de Ohcaña y Echerre.

Este singular prelado —singular tanto por su fealdad como por sus tropelías— había logrado trasladar, a pesar de la manifiesta oposición del Marqués de Someruelos y de la vieja duquesa de Valero, el Obispado de la Catedral de La Habana para la Loma del Angel, y allí oficiaba con tal esplendor y pompa que superaba las ceremonias desplegadas por su antecesor, el señor de Espada.

En realidad, la ahora famosa Loma del Angel no existía en La Habana antes de la llegada del obispo Espada, siendo entonces más bien una hondonada. Fué él quien construyó allí la Iglesia del Angel y fundó el famoso cementerio que hoy lleva su nombre. Pero tantos fueron los muertos (sobre todo durante el obispado de E cherre) que se enterraron en el cementerio que está bajo la misma iglesia que rápidamente el túmulo se fue convirtiendo en una gigantesca elevación sobre la cual el templo o nave religiosa, sobrecargado de columnas, agujas, cresterías, gárgolas, albacaras, volutas y archivoltas absolutamente innecesarias iba siempre subiendo. Así al llenarse de cadáveres una bóveda religiosa, la misma se convertía en enorme tumba y sobre aquel conglomerado de huesos seguía erigiéndose la igle-

23

sia que ahora se remontaba a veces a las mismas nubes.

En cuanto al nombre de La Loma del Angel (con su iglesia) el mismo está envuelto en la leyenda. Desde los primeros años del obispado del señor de Espada, cuando la elevación comenzó a tomar forma, se hizo popular el rumor, y hasta la creencia, de que aquella iglesia era visitada por un ángel. Cientos de beatas afirmaron haber visto al hermoso ángel descender del mismo cielo y carenar en el campanario de la iglesia convertida ya en catedral. Echerre que, naturalmente, como todo religioso era ateo, se afanó en descubrir su origen y motivo de esta leyenda. Pero todas sus pesquisas fueron inútiles. Finalmente, llamado para confesar al obispo de Espada ya moribundo (y de quien Echerre sería su sucesor), le preguntó al prelado qué opinaba sobre esta singular aparición.

—El ángel existe —respondió el obispo— y lo tienes delante de ti, pidiéndote la absolución. Soy yo.

—¿Cómo es eso, padre?

—Hijo mío —respondió el eclesiástico moribundo—, desde hace muchos años te vengo observando. Sé que fuiste tú quien durante la invasión de los ingleses logró expulsarme a la Florida. Eres ladino, hipócrita, ambicioso, traidor, impío, exhibicionista, feo, intrigante y cruel. Entre otras virtudes sobresalientes éstas son las que más me han llamado la atención de tu persona. Por eso, y no por azar, es que recaerá sobre ti el obispado de La Habana, uno de los más caudalosos de este nuevo mundo; y por eso te he llamado a ti para hacerte mi confesión que gira precisamente sobre el tema que tanto te ha obsesionado: la creencia (el fanatismo y la pasión) de este frívolo pueblo en la aparición de un bello ángel... Desde muy joven comprendí, leyendo a los padres de la Iglesia, que en materia de apariciones las que mejor se aceptan son las más insólitas y sobre todo las más agradables. Por eso, en mi campaña para lograr que se construyese en este sitio el cementerio que hoy lleva mi nombre y que se dejaran de enterrar los cadáveres en la catedral de La Habana donde no cabía uno más, donde infestaban a toda la población y, sobre todo, donde no se pegaban ni limosnas ni diezmos por cada alma sepultada, hice correr la voz de que este sitio era sacro y que estaba bajo el tutelaje de un ángel guardián. Pero

24

hasta las mismas beatas soltaron la carcajada. Entonces decidí convencerlas de una manera contundente. Me disfracé de ángel y por las noches comencé a rondar las torres y balcones de la nave. Las damas caían verdaderamente arrobadas ante mi presencia. Y comenzaron a trasladarse para acá las momias y los esqueletos... La fama del ángel se hizo tan grande que ya no podía circunscribirse a los estrechos recintos de la nave sagrada. Con mis espléndidos atuendos me aventuraba entonces casi todas las noches por la ciudad, apareciendo muchas veces en los balcones de las beatas más bellas y acaudaladas. Demás está decirte la obediencia y devoción conque una hermosa dama acoge a un ángel que cae a medianoche en su alcoba. Sí, hermano, angelicalmente he poseído a casi todas las mujeres de esta ciudad y —oh, pero peligrosísimo me sería confesártelo si no fuera porque de un momento a otro expiraré— a muchísimos hombres ilustres y respetabilísimos que tampoco querían quedarse sin ese consuelo... Naturalmente, muchas fueron después las distinguidas damas que vinieron en mi ayuda para que socorriese las tropelías que el ángel había hecho en su vientre. A todas las consolé. Con las casadas el asunto se resolvía absolviéndolas y luego bautizándoles un hijo más supuestamente legítimo. Las solteras tenían que internarse en el convento que para esos fines he edificado al fondo. Gracias a ellas la iglesia se ha poblado de monjas, monaguillos, sacristanes, sepultureros, cocheros y jardineros que ellas mismas se suministran y sostienen luego con sus caridades. En cuanto a la sobrepoblación de esta ciudad, no exageraría, querido hermano, si te dijese que en gran parte, y a pesar de su excepticismo y antirreligiosidad, tiene por padre a un ángel. Ya veis, mi labor apostólica ha sido encomiable, no sólo he propagado la fe sino que he poblado a toda la ciudad de angelitos —y aquí el obispo de Espada, aunque moribundo, no pudo dejar de sonreír, luego continuó—: Ahora bien, hermano, yo me marcho. Pero no quisiera que con mi cuerpo desapareciese la leyenda que yo he creado. Aquí está la llave del arcón, aquél, de la segunda fila, a la derecha. Allí están las ropas del ángel. Póntelas ahora mismo pues es de suma importancia ver si te asientan o si hay que hacerle algunos arreglos. Tú eres pues mi relevo.

Sin mayores trámites, Echerre, realmente excitado, pero radiante, abrió el arcón y se invistió con las ropas del ángel, tomando incluso un cetro y una aureola. Espléndidamente ataviado se presentó ante el obispo moribundo.

—¡*Bellum!* ¡*Bellisimus!* —exclamó en su lengua profesional el religioso— Ahora, con esos atuendos, sube al campanario mayor y comunícale a toda la ciudad la noticia de mi muerte. Pero primero absuélveme.

Esa tarde toda la ciudad de La Habana contempló, verdaderamente maravillada, cómo las campanas de la Iglesia del Angel eran tocadas por el mismo ángel que le daba nombre anunciando la muerte, y quizás hasta la futura canonización, del célebre Obispo de Espada.

Y era ahora el nuevo obispo —y el mismo ángel— quien dentro del confesonario oía —al principio distraído, luego con cierto interés— la confesión de doña Rosa de Gamboa.

—Padre, he pecado.

—Hija, de los pecadores es el arrepentimiento y de los arrepentidos la absolución, y de los absueltos el reino de los cielos... ¿Qué has hecho? ¿Cuándo? ¿Y cuántas veces?

—Una sola vez, padre. Pero no fue por placer, ni por tentación, sino por venganza. Quiero decir, por justicia.

—Hija mía, en estos casos siempre se argumentan todo tipo de razones menos la verdadera. Hablad.

—Padre, soy una mujer moral y de alcurnia.

—Hija mía, ser moral consiste en lograr que los demás no se enteren de que somos tan inmorales como ellos, y en eso la alcurnia te puede ayudar bastante... Pero dime, ¿dónde está el pecado?

—En mi vientre, padre, o mejor dicho, a punto de salir de él.

—¿Y quién es el autor? Si es que lo puedes precisar con claridad.

—¡Por Dios, padre, claro que puedo! Es el negro cocinero de mi casa.

—¡El negro Dionisios! El mejor cocinero de La Habana. ¡No pensarás matarlo! —estalló el obispo Echerre que era también aficionado a la buena mesa.

—Verdad que es el mejor cocinero que hemos

26

tenido, padre.

—Y él se afana en sobrecumplir sus labores domésticas. Tu esposo, don Cándido, no se merece ese trato.

—¡El es el verdadero culpable por haberme engañado con una negra! ¡Yo no hice más que ajustar mi orgullo a las circunstancias!

—Y bien ajustada que has quedado —dijo el obispo señalando para el prominente vientre de doña Rosa—. Pero en fin, vamos para el convento que allí te atenderán las monjas expertas en estos menesteres. ¡No hay un día en que no tengan que asistir a alguna señora en estos trances!

Doña Rosa y el largo y flaco obispo echaron a andar por toda la nave religiosa, salieron al patio poblado de gigantescos gladiolos (la flor preferida del prelado) y atravesaron gran parte del Cementerio de Espada donde cientos de negros y mulatos se afanaban en amontonar gran cantidad de calaveras en las esquinas de aquel campo santo en el cual se levantaban ya cuatro enormes pirámides de huesos.

—Ya ves —dijo el obispo, señalando displicente hacia los obreros que trajinaban en los osarios—: Aunque muchos no lo quieran creer en esta iglesia y cementerio trabajan casi todos los hijos de la nobleza habanera... Y del obispo —agregó por lo bajo.

—¡Jesús, padre...!

—Sí, hija; si todos los caleseros, cocineros, vendedores ambulantes y esclavos en general fueran blancos, los nobles de La Habana tendrían muchos más hijos que los que ostentan. Y yo menos empleados... En cuanto a *tu negro* —recalcó el obispo deteniéndose en el mismo centro del elevadísimo cementerio y contemplando a la ciudad que parecía correr velocísima bajo un manto de nubes muy blancas—, debes ponerle brida y bozal, y sobre todo debes hacerle saber que es *él* quien está a tu merced y no lo contratio. ¡Y que no te vuelva a visitar, que entre los hijos que tienen las señoras con el ángel y con los esclavos ya aquí no hay sitio ni para los cadáveres!

Y antes de desaparecer con doña Rosa en el convento, el obispo señaló una vez más hacia las inmensas columnas de hueso que los obreros seguían agrandando.

Esa misma tarde, doña Rosa parió en el convento de

27

La Loma del Angel un hermoso mulato que el mismísimo obispo bautizó con el nombre de José Dolores, y para evitar que alguna sospecha recayese sobre los Gamboa —ya que doña Rosa permaneció en el convento durante dos días— le entregó el niño a Merced Pimienta, negra beatísima cuyo marido, el negro Malanga Pimienta, se había vuelto cimarrón cuando descubrió que su mujer también había sido "visitada" por el ángel, dándole una mulatica casi clara, Nemesia Pimienta, que evidentemente no era de padre africano.

Merced Pimienta, quien murió a los pocos meses de tristeza porque el ángel, desde el día en que la encontró refocilándose con el sastre Uribe, no volvió a visitarla, no supo nunca quienes eran los padres de aquel hermoso mulato que con el nombre de José Dolores Pimienta se crió con mil dificultades junto a su supuesta (y querida) hermana. Aunque de vez en cuando tanto el maestro Uribe (que se creía padre de Nemesia) como el obispo Echerre (que se sabía padre) ayudaban en algo a los huérfanos hasta que José Dolores Pimienta pudo ganarse la vida por sus propios medios.

En cuanto a doña Rosa de Gamboa, luego de haber entregado al obispo Echerre la suma obligada en estos casos, recibió de rodillas la absolución y más aliviada (y ligera) regresó a su residencia donde nadie —con excepción del cocinero Dionisios —notó el cambio. Tan gruesa estaba ya doña Rosa por aquellos tiempos que unas ocho o diez libras de menos, perdidas en dos días, no hacían la menor mella en su figura.

Por otra parte —y justo es confesarlo—, nunca más le fue infiel a su esposo.

28

Los Gamboa

CAPITULO VII
Reunión familiar

El almuerzo, que había comenzado a las once de la mañana, se prolongaba ya hasta más de la una dada. Todos estaban sentados a la mesa, esperando por las yemas azucaradas; plato especial que sólo confeccionaba en La Habana el cocinero esclavo Dionisios.

A la cabecera estaba sentado don Cándido; a su derecha, doña Rosa y su hijo Leonardo; a la izquierda, las tres hijas, Antonia, Carmen y Adela. El otro extremo lo ocupaba el mayordomo español, don Manuel Reventós. Detrás de los comensales trajinaban, infatigables pero silenciosos, los esclavos del servicio doméstico, dirigidos por el mismo Dionisios y por Tirso, joven esclavo que atendía únicamente a don Cándido.

Este joven tenía tal habilidad en el servicio que a un gesto de don Cándido sabía si el mismo quería el monumental brasero de tres patas para encender un tabaco, el gigantesco cepillo de plata con cerdas de oro para hacerse rascar la espalda o el moderno matamoscas para aplastar a estos inoportunos insectos que revoloteaban con gran esfuerzo sobre las prominentes narices de las señoritas. Verdad que el joven se mantenía siempre a la expectativa, atento casi las veinticuatro horas del día al menor parpadeo de su amo.

En diálogo, como siempre en la casa Gamboa a las horas de almuerzo y comida, era más bien familiar, por lo que el mayordomo, que compartía los honores de la mesa, no participaba en los de la conversación, salvo, naturalmente, si don Cándido o doña Rosa le dirigían la palabra.

—Mamá— dijo Leonardo al acabar con la quinta

yema azucarada nadando en aceite español y aguardiente criollo—, acaban de llegar a la relojería de Dubois, en la calle de la Muralla, unos relojes de repetición suizos que son los mejores del mundo.

—¡Ni pienses que te vamos a comprar otro reloj!—. Estalló don Cándido, haciendo un gesto que el joven Tirso interpretó como una petición de fuego, por lo que le metió el brasero en los mismos bigotes. —¡Ah, perro! —gritó aún más fuerte don Cándido, tomando el gigantesco brasero y lanzándolo a la cabeza del escalvo, quien no pereció porque supo esquivar el golpe. Luego, don Cándido, aún más enfurecido pues se había quemado los dedos al tomar el brasero, empezó a dar puñetazos en la mesa, derribando algunos platos: —¡No hay reloj, no hay reloj!— Y dirigiéndose a Leonardo: —¿Qué te has creído? ¿Qué somos los dueños del Perú?

—¡Qué ejemplo para nuestro Leonardito! —replicó Rosa— Tal parece como si no fuera tu hijo.

—¡El mal ejemplo lo das tú educándolo de esa forma; en vez de pensar en tus hijas sólo piensas en él! —Sentenció don Cándido poniéndose de pie y abrazando a su hija mayor, Antonia.

—¡Y tú jamás piensas en Leonardito! —dijo doña Rosa mirando a su hijo amorosamente.

—Mis niñas merecen una madre mejor que la que tienen—. Expresó trágicamente don Cándido abrazando ahora tan fuertemente a cada una de sus hijas que poco faltó para que murieran por asfixia.

Entonces doña Rosa, que no quiso ser menos, se puso de pie y, bañada en sudor, girando alrededor de su hijo lo apretaba y volvía a apretar contra su enorme pecho.

—¡El chocolate! —gritó don Cándido Gamboa. Y la calma ante la mención de tal líquido se restableció de inmediato.

Dos negras, en traje talar, arrastraron penosamente un inmenso caldero donde borboteaba el chocolate. Aún hirviendo, el líquido fue pasando a las grandes tazas de porcelana y de allí a las gargantas de los comensales que, por una tradición heredada de don Cándido en su país, bebían aquella bebida a esa temperatura.

Al terminar, el calor del exterior se sumó al de los cuerpos casi encendidos, de manera que las gruesas fi-

30

guras chapoteaban en el sudor.

—¡Don Reventós! —dijo entonces tonante doña Rosa como si el mayordomo se encontrase a más de una legua de distancia.

—Señora.

—Tome estas veinte onzas de oro y vaya usted de inmediato a la casa de Dubois y cómpreme el mejor reloj de repetición. Dígale a Dubois que es para mí, no sea cosa que lo engañen.

—¡Don Reventós! —gritó aún más atronador don Cándido.

—Señor.

—Si obedeces la orden de esta loca te mando a dar quinientos zurriagazos.

—¡Señor!...

—¡Reventós! —gritó más enfurecida doña Rosa—. Quiero ese reloj de repetición al instante o vas para el ingenio a trabajar en el trapiche.

—¡Señora!...

—Subo a dormir la siesta —dijo en tono aburrido Leonardo Gamboa, sabiendo que aquella discusión podría durar toda la tarde. Y besando a doña Rosa subió a su habitación.

—¡Reventós, Reventós! —gritó todavía más alto don Cándido con el fin de no permitir que su hijo durmiera la siesta—: ¡El amo de esta casa soy yo, si compras el reloj te aplico el bocabajo como si fueras un negro bozal!

—Reventós —habló entonces doña Rosa en voz baja para no interrumpir el sueño de su hijo—, ya tenías que estar de regreso, ¿o en verdad quieres ir para el trapiche? Allá verás lo que te espera. ¿Sabes lo que significa convertirse en *"azúcar parda"*?...

A esta pregunta, el mayordomo, que sabía la respuesta, cambió de color, se puso completamente pálido y sin más echó a correr hacia la relojería.

—¡Das un paso más y te mato! —gritó de inmediato don Cándido, sacando una enorme pistola de sal (que siempre llevaba a la cintura para amedrentar a los esclavos) y llenando sus dispositivos en el gran salero que estaba encima de la mesa apuntó hacia la cabeza del mayordomo.

Entonces don Reventós, sabiendo que la situación

era de vida o muerte, o más bien de muerte o muerte, dijo:

—Veo que tanto para la señora como para el señor el problema capital, del cual depende mi vida, es que yo vaya o deje de ir a la relojería del señor Dubois *en busca de un reloj*. ¿No es así, señores?

—Así es —dijo don Cándido—, Si vas te mato.

—En cuanto a mí —repuso doña Rosa—, ya sabes lo que te espera...

—Entonces el problema está resuelto —dijo con voz triunfante el mayordomo y sin mayores preámbulos llamó al cocinero Dionisios.

—Señor —repuso el negro empapado en sudor.

—Tome estas veinte onzas de oro. ¡Fíjese que son veinte onzas! Vaya con ellas a la relojería de la calle de la Muralla y tráigale a la señora el mejor reloj de repetición que allí se encuentre. ¡Corriendo! ¿Entendido?

—Sí señor —dijo el esclavo partiendo a toda velocidad.

—Ya ven, señores, como se resolvió el problema y yo salvé mi vida —les explicó doctoralmente el mayordomo—: pues ni fui a la relojería, pues evidentemente aquí estoy, ni dejé de ir, puesto que dentro de un momento estará aquí el reloj de repetición.

Ante esta ingeniosa salida del mayordomo, don Cándido que creía estallar se llevó las manos a la cabeza, gesto que de acuerdo con las funciones de Tirso significaba que debía rascarle la espalda al amo, por lo que al momento comenzó a hacer uso del inmenso cepillo.

Esta equivocada acción del esclavo fue suficiente para que don Cándido le arrebatase con furia el cepillo y lo lanzase con tal violencia al zaguán que derribó y mató al momento una de las yeguas españolas, apodada cariñosamente Karmen Valcels, que junto al quitrín aguardaba por el paseo vespertino de las señoritas.

El animal, herido de muerte, soltó un relincho estentóreo y expiró, provocando el llanto incontenible de las tres señoritas, especialmente el de Carmen, la hija mimada de don Cándido, quien (quizás por ser su tocaya) tenía una marcada preferencia por aquella bestia...

El padre, verdaderamente conmovido por el llanto de sus hijas que seguían abrazadas al cadáver del ani-

32

mal, se controló, hizo silencio; luego pidió disculpas a su hija más querida y subió las escaleras presto a dormir la siesta.

SEGUNDA PARTE

(LOS NEGROS Y LOS BLANCOS)

CAPITULO VIII
El baile

La pasión de Cecilia ya no es correr en chancletas por las calles, sino bailar. Dieciocho años, piel bronceada, cuerpo esbelto y cabellos negros. En todos los bailes es ella el centro de atracción. Los negros la cortejan respetuosamente, como algo imposible; los mulatos, sabiéndose igual que ella, la tratan con cierta complicidad y confianza que indigna a Cecilia. En cuanto a los blancos, condescendientes, consideraban que era un honor para la mulata el que ellos se rebajaran a ir a los bailes de negros solamente por bailar con ella.

La fiesta de esta noche es en casa de Mercedes Ayala, mulata de ringo rango, como la llama su amigo íntimo, Cantalapiedra, Comisario Mayor del barrio del Angel. Desde por la tarde comenzaron a llegar los invitados. Mulatas envueltas en grandes mantas de colores que coquetamente se ponen y se quitan dejando ver sus hombros desnudos mientras agitan vistosísimos abanicos, mulatos con altos y relucientes botines, sombreros de copa y chaquetas estrechísimas, que hacen resaltar sus atléticos cuerpos, y negros escrupulosamente vestidos de blanco llenan todas las habitaciones iluminadas por grandes arañas de cristal cargadas con velas de sebo.

Aunque es raro —o casi imposible— ver una mujer blanca en estos bailes llamados de "gente de color", sí pueden verse numerosos jóvenes blancos, muchos pertenecientes a las mejores familias habaneras, que persiguen, generalmente con éxito, a una o a varias de estas hermosísimas mulatas.

Entre estos jóvenes se encuentra el apuesto

Leonardo Gamboa, impecablemente vestido a lo parisién, con sobreguantes y caña o bastón de nácar con empuñadura de oro, y acompañado por un séquito de amigos tan elegantes e insolentes como él mismo —el traje de casi todos estos jóvenes ha sido confeccionado por el negro Uribe, liberto que con gran éxito, y ayudado por José Dolores Pimienta, maneja ahora su propia sastrería y quien también está en la fiesta.

Sobre las diez de la noche deciende de un quitrín Cecilia Valdés acompañada de su amiga Nemesia Pimienta.

La entrada de Cecilia, señorita de apariencia absolutamente blanca, en un bailde donde sólo hay negras y mulatas causa sensación. Viste un traje a punto ilusión con mangas cortas y ahuecadas como dos globos pequeños, larga falda blanca, sombrero de terciopelo negro con plumas y flores naturales, zapatos de fieltro, guantes blancos hasta el codo y una larga y ancha cinta roja que le ciñe la cintura.

La misma Mercedes Ayala interrumpe su animada conversación con Cantalapiedra y avanza hacia el centro de la sala para abrazar a Cecilia.

Entonces los músicos, dirigidos por José Dolores Pimienta irrumpen con un enorme estruendo de violines, timbales, claves, clarinetes y contrabajos... Si era cierto que desde hacía horas estaban tocando, no lo es menos que con la llegada de Cecilia Valdés el espíritu de la música (y de los músicos) adquiere tal vivacidad que parece que sólo ahora la orquesta toca con verdadera maestría.

Numerosos son los mulatos y negros, todos ceremoniosos e impecables, que se acercan a saludar a Cecilia. Entre ellos el elegante y excelente músico Brindis de Sala y el joven y esbelto capitán Tondá (protegido del mismísimo Capitán General) que sigue luego de recorrido por toda la ciudad. También se acercan a ella los poetas negros Gabriel de la concepción Valdés (que se crió con Cecilia en la Casa Cuna) y Francisco Manzano quien ahora liberado, se gana la vida como repostero y cuyos dulces, precisamente, pueden ser saboreados en la larga mesa del corredor junto con todo tipo de comidas y bebidas.

Deja por un momento de tocar la orquesta y José Dolores Pimienta corre a saludar a su amada Cecilia, llamándola "mi virgencita de bronce". Término que a la

Valdés no le halaga pues le recuerda su origen negro. Y es ahora cuando el bello adolescente que es aún Leonardo Gamboa, tomando una mano de Cecilia la besa con devoción ante los atónitos ojos de José Dolores.

Como si aquello fuera poco, Cecilia se vuelve hacia el mulato y lo increpa.

—¡Oiga! ¡Qué bien cumple un hombre su palabra empeñada!

—Siempre he cumplido mi palabra —contesta José Dolores desconcertado.

—¿Ah, sí? —dice Cecilia mientras que con una mano se abanica y con la otra sostiene la de Leonardo —¿Y la contradanza que me había prometido tocar?

Al oir a Cecilia pedir una contradanza, el público, que ya está aburrido de bailar ceremoniosos minués, empieza a gritar "sí, sí, la contradanza, la contradanza, queremos algo moderno". Por lo que José Dolores Pimienta no sólo tiene que dejar a Cecilia en brazos de su rival, sino que además tiene que tocar una hermosa contradanza para que los dos la bailen.

CAPITULO IX
José Dolores.

Desde que era un muchacho, José Dolores Pimienta se había enamorado de Cecilia Valdés, y, como sabía lo ambiciosa que era la joven, había aprendido varios oficios, desde sastre hasta organista en la iglesia de la Loma del Angel, desde director de orquesta hasta tejedor de sombreros y vendedor de alpargatas. Con todos esos trabajos mantenía a Nemesia Pimienta y además había ahorrado unas cuantas onzas de oro para la boda —cuando Cecilia, finalmente, decidiése casarse con él.

Y esta noche, precisamente cuando, según Nemesia, Cecilia estaba casi dispuesta a "darle el *sí*", llega el señorito rico y blanco, y él, el mulato, no solamente tiene que quedarse callado, sino que debe además poner le música a su desgracia.

Y qué música. Unas contradanzas realmente estupendas y animadísimas que pusieron a todos los bailadores en movimiento. Luego se pasó a unas danzas cubanas, aún más movidas. De tal modo que todo no fue más que un torbellino de pies que incesantemente se desplazaban.

Se bailaba en el gran salón iluminado, en las habitaciones menos iluminadas, en los oscuros corredores, en el patio y en el jardín, y, ahora, en la misma calle en tinieblas.

Como había llovido, toda la casa era ya un lodazal casi intransitable que las elegantes mujeres con sus batas de cola y los hombres con sus ya manchados botines seguían removiendo.

En medio de aquel furor de parejas que se enlazaban y desenlazaban, Pimienta, sin dejar de tocar el clarinete, pudo ver a Cecilia y a Leonardo estrechamente abrazados. En uno de esos giros violentos, llevados por el ritmo o empujados por los bailadores, la pareja pasó como un bólido junto al músico quien a pesar del estruendo de la orquesta pudo escuchar la voz de Leonardo cuando dijo, con palabras que fueron un perfecto latigazo: "entonces, no olvides de dejar la puerta entreabierta, que cuando la vieja salga yo entro"...

"Sí", dijo Cecilia, apretando la chaqueta de Leonardo, chaqueta que para colmo era la que él, José Dolores Pimienta, había cosido bajo la orden del maestro Uribe.

Fue entonces cuando el mulato, poseído por una especie de dolor insaciable, comenzó a tocar el clarinete con tal fuerza y maestría, sacándole tales armonías que cuantas personas pasaban por la calle se bajaban de los quitrines o volantas (si es que iban en estos vehículos) y comenzaban a bailar.

Ya en aquella fiesta no se sabía quien había sido invitado o estaba allí por su propio gusto. La música que salía del instrumento de José Dolores Pimienta se había adueñado de todos... Se bailaba también sobre las sillas, en el brocal del pozo, en las escaleras, sobre el tejado y hasta encima de los árboles. Tal era la multitud allí agolpada.

Lo más insólito de este real acontecimiento no era sólo el furor causado por aquellas melodías, sino que al parecer aquel encantamiento no tenía fin. Hacía ya más de cinco horas que se bailaba frenéticamente y nadie daba señal de cansancio. Cierto que algunas negras centenarias habían caído muertas entre la confusión de pies de los danzantes. Pero aún en el momento de expirar exhalaban un último meneo, con lo que querían decir que morían completamente felices, por lo que sus cadáveres eran retirados entre un estruendo de aplusos y sin que se interrumpiera el baile.

Los mismos músicos, inspirados por Pimienta, mientras tocaban sus variadísimos instrumentos (cosas de vientos, de bronce, de cuero, de madera, de piedra) se deslizaban por entre los bailadores moviéndose tan frenéticamente que a veces, producto de aquellos giros vertiginosos, se elevaban hasta el techo de la altísima mansión quedándose algunos engarzados a la cumbrera donde, patas arriba, seguían tocando y meneándose frenéticamente como murciélagos poseídos por el dios de la jiribilla.

Sólo José Dolores Pimienta, imponente dentro de sus botines de cuero, casaca negra y pantalón de hilo, seguía de pie en el estrado, exhalando aquella música, sin duda bulliciosa pero sentimental.

CAPITULO X
Nemesia Pimienta

Al parecer, su función no era vivir sino transcurrir, servir. Ella no había nacido para destacarse, sino para permanecer en la sombra, como esas figuras opacas y brumosas que en los grandes cuadros se disuelven anóniamente detrás de los personajes principales, fungiendo sólo como siluetas, marcando un contraste, una diferencia entre lo importante y el conjunto.

¿A quién le importaba (fuera de ella misma) sus amores frustrados, sus deseos insatisfechos, sus caprichos y ansiedades que nadie procuraba colmar?... Cecilia bailaba y todo era aplauso o envidia a su alrededor. Cecilia reía y todos querían averiguar cuál era la causa para secundarla. Cecilia se enfadaba o entristecía y todos ponían caras grises e inquietas ante el disgusto de la bella mulata. Pero en el caso de ella, Nemesia Pimienta, de talle y rasgos insignificantes, de pelo aún más ensortijado y de color más oscuro, ¿quién iba a reparar en su tristeza o en su (casi imposible) alegría?

Al bajarse del quitrín (ella detrás de Cecilia como una sombra), ¿para quién eran todos los brazos sino para la esbelta mulata? ¿A quién iban dedicadas todas las galanterías sino a la joven más bella?

Era pues incierto que ella, Nemesia Pimienta, fuera una mujer hermosa, como el mismísimo autor de la novela se empecinaba en destacar —quizás por piedad o por convenciones de la narración—. Era absolutamente falso. Pequeña ("revejía", como la llamaban las demás negras del solar), insignificante, ni siquiera poseía aquella hermosa voz de la Valdés, mucho menos su manera de caminar, de reir; remotamente, aquellos ojos que seducían.

Y sin embargo, dentro de aquel minúsculo cuerpo había un corazón desmesurado y un deseo aún más desproporcionado y sensual (precisamente por no haber sido satisfecho) que el que había —así pensaba ella— en el de Cecilia; y una necesidad de amor desde luego más desenfrenada y ansiosa que la de las otras, las que todo —o casi todo— ya tenían o podrían tener... Y aunque las ambiciones de Nemesia eran menos desproporcionadas que las de Cecilia no eran por ello más realizables.

Porque Nemesia Pimienta no aspiraba, como Cecilia, a ser la esposa de Leonardo Gamboa, ni siquiera su querida oficial, sino la pasajera amante que, por un momento, pudiese desahogar toda su pasión... De qué manera perseguía con la mirada al bello ejemplar masculino. Cada paso que él daba, cada gesto que él hacía agitaba en ella su desesperación y su anhelo... Correveidile, recadera, Celestina entre Cecilia y Leonardo. En todo eso se convirtió. A toda humillación se sometía y se sometería con tal de ver al joven Gamboa. Quizás, pensaba, hasta podría tocarle una mano. Pero él, impasible, ni siquiera la observaba, no se daba ni por enterado.

Entonces, convencida (aunque siempre momentáneamente) de que Leonardo Gamboa no la poseería, soñaba con otros amores que eran como una sublimación de su gran amor; y a todo trance intentaba convertir el sueño en realidad. A medianoche deambulaba por la muralla, salía a extramuros, se llegaba al barrio del manglar y hasta a los barracones. Un hombre, un hombre joven, blanco o mulato, negro incluso siempre que fuese bello. Un cuerpo tibio y amoroso; un cuerpo que al estrecharla, calmara, ahogara (aunque sólo fuese brevemente) la pasión de su cuerpo. Un cuerpo que por un momento la acariciase, la protegiese, se hundiese en su cuerpo y abarcándolo lo colmase de plenitud y sosiego... Pero nade de eso ocurría y Nemesia Pimienta, pequeña, oscura, anhelante, volvía a la casa donde su supuesto hermano, José Dolores, ya dormía.

Vigilando su respiración se acercaba despacio a la cama. *Si su hermano, su hermoso hermano, tan distinto a ella, la amase no como a una hermana...*José Dolores, José Dolores, ése era ahora el hombre de sus sueños.

Una vez más Nemesia Pimienta besaba al joven que seguía dormido. "Cecilia, Cecilia", decía a veces entre sueños José Dolores e inconscientemente abrazaba a Nemesia. Sí... respondía en voz baja Nemesia y se marcha a su cama.

Un hombre, un hombre. Pardo, negro, chino, blanco, moro. Un hombre a quien servir y adorar, a quien esperar y entregarse. Un amante, un viajero, un desconocido, un cimarrón, un prófugo que en la noche lluviosa le pidiese guarida. Un asesino, un delincuente... Y una vez más Nemesia Pimienta remendaba con devoción los calzones de José Dolores; sonsacaba al maestro Uribe en plena sastrería (ése, ése era el hombre que ahora ella amaba). Vestida en forma provocativa se paseaba por todo el salón de Mercedes Ayala, solicitando, exigiendo, con su mirada una mirada complaciente, pero entre más intentaba destacarse, provocar, mayor era la indiferencia conque era recibida, sometida a esa condición tan humana de negar precisamente lo que se suplica y anhelar lo que nos desprecia... Un cuerpo, un cuerpo cómplice y solitario con quien desahogar su soledad, eso y no otra cosa era para ella el amor, pero —precisamente por eso— no lo encontraba.

Vestida aún más provocativamente abandonaba a medianoche el solar o el baile y sorprendía y asediaba al mulato Polanco (ése, ése mulato era ahora el hombre de sus sueños) en el Callejón de San Juan de Dios. Abría su amplia bata y se ofrecía desnuda al negro Tondá (ése, ése era ahora el hombre que ella idolatraba). Corría bajo la luna llena que cada vez se hacía más inmensa y conminatoria y se arrodillaba ante el mismísimo comisario Cantalapiedra que bajaba la escalinata de la Loma del Angel, suplicándole, ordenándole, que la poseyese en pleno empedrado. Ese, ese hombre, y no otro, era ahora el que ella deseaba... Pero todos tenían alguna objeción, algún pretexto, un asunto urgente que resolver, un pariente que agonizaba, una mujer celosa que los perseguía, un delincuente que había que ultimar o algún negocio impostergable que despachar... Y era ella la que quedaba siempre postergada, ardiente y relegada, sin resolución ni redención. Y entonces su pasión, su deseo, su amor, su necesidad de búsqueda y de encuentro se hacían más apremiantes... Ah, si alguien comprendiese al menos que de todas las amantes era ella la más pura porque no vivía para un amor determinado sino para el amor absoluto, símbolo supremo que como un dios podía encarnar y manifestarse a través de cualquier cuerpo.

Y por otra parte, contaba con tan poco espacio para realizarse. A nadie le interesaba su persona. Si alguien la invitaba era porque la consideraban como una suerte de dama de compañía de Cecilia Valdés. Hasta las mismas mujeres la miraban más como un objeto doméstico que como a una mujer. Y en cuanto a su discurso (su queja) de un momento a otro tendría que ponerle fin, pues ni al autor de la novela en la cual era ella una insignificante pieza le interesaba su tragedia.

Más bien Nemesia Pimienta le era indiferente y (como el resto) sólo la utilizaba. Ni siquiera un amor como el suyo, tan vasto y desesperado como su propia vida, ocupaba un lugar (aunque fuese pequeño) en la pretenciosa serie de capítulos titulados precisamente *Del Amor* que el susodicho escritor había redactado. Y a pesar de ello, su amor, protestaba Nemesia, era mucho más grande que el de todos los demás personajes reunidos. ¡Muchísimo más!... Pero ya ella veía cómo el desalmado autor de la obra se le acercaba amenazante. No, no podía ni siquiera agregar una palabra más; a nadie le podría seguir contando su tragedia, su amor, su desamor. No sería ni siquiera un grito al final de un capítulo. Nada. De un momento a otro le taparían la boca y los demás ni cuenta se darían de que ella había sido vilmente amordazada, liquidada. Y toda su pasión, todo su furor, toda su ternura habrán quedado en...

CAPITULO XI
Dionisios

Cuando el negro Dionisios regresó con el reloj de repetición comprobó con alegría que los señores dormían la siesta. Le entregó la joya y el vuelto al mayordomo, don Reventós, quien le lanzó una mirada sarcástica y fúnebre, y corrió hasta la cocina. Sabía que sus horas de vida estaban contadas pues en cuanto don Cándido se despertara y comprobase que había cumplido los caprichos de doña Rosa lo mandaría a matar. Aunque tal vez, para no enfurecer a doña Rosa, no lo asesinaría directamente, sino que su muerte sería inesperada y al parecer "repentina" como había muerto ya el poeta esclavo Lezama.

El sabía cómo actuaban los señores. Por algo había sido cocinero por más de veinte años en aquella familia... El sabía que un esclavo en desgracia es hombre muerto, y que si alguna disputa surge entre amo, señora y esclavo, el esclavo siempre cargará con la culpa. El también ponía en práctica aquel proverbio que había aprendido de los hombres blancos: "Piensa mal y acertarás".

Así pues, Dionisios, preparó rápidamente su fuga. Mientras todos dormían (incluso el mayordomo ya cabeceaba en el comedor) el dejaría la ciudad, se escondería monte adentro, se haría cimarrón. Sería por primera vez un hombre libre.

¿Qué dejaba atrás? Cepos, boca-abajos, latigazos, ofensas y trabajos incesantes. Hasta su mujer, la negra María Regla, había sido enviada, como castigo, para el ingenio cuando doña Rosa la descubrió dándole el pecho a la niña Cecilia, entonces con pocos días de nacida. Y aunque alimentaba a Cecilia por orden del mismo Cándido Gamboa, nadie pudo impedir que María Regla fuese enviada a perpetuidad a La Tinaja, donde se consumía en el trapiche del ingenio trabajando hasta dieciocho horas diarias.

Aún recordaba (cada día la recordaba mejor) aquella escena. María Regla era la nodriza de la niña Adela, pues la madre, doña Rosa, se negaba a darle el pecho "para que no se le cayeran los senos". Una noche en que la señora creyó oír un llanto extraño entró en el cuarto de la esclava y la encontró con dos niñas, una a cada lado, alimentándolas. Una era Cecilia Valdés, la otra Adela Gamboa. El escándalo que armó doña Rosa fue tal que hasta el mismo Capitán General envió a sus hombres de confianza para averiguar qué ocurría... Desde entonces, Dionisios jamás volvió a ver a su mujer. Y lo peor es que sabía que ella le era infiel. Y no con un sólo hombre. Ni siquiera con un negro. Sino con cuanto hombre blanco le cruzase por delante... Huir. Esa era la solución. Nada dejaba atrás. Ni siquiera el recuerdo de una esposa fiel.

Rápidamente se quitó sus ropas de esclavo y se puso un traje verde propiedad de Leonardo Gamboa que al negro le quedaba un poco estrecho, unas botas enormes y hasta las espuelas de oro de don Cándido. Se miró en el fondo de una olla de cobre e intentó alisarse el cabello, o "las pasas" como decían los blancos, con el gigantesco cepillo de oro y plata de don Cándido. Las "pasas" no se alisaron, pero de todos modos prefirió quedarse con el cepillo, que metió corriendo dentro del gran jolongo rojo con el que iba de compras al mercado. A medida que atravesaba las habitaciones desiertas iba metiendo cosas en el jolongo: el antiguo reloj de Leonardo, varias monedas de plata, unas velas de sebo, un par de tirantes, seis canecas de vino, una gallina viva que revoloteaba en el zaguán, el largo cuchillo de cocina y hasta un cerdo de leche que don Cándido engordaba para el fin de año, cuando vinieran de celebrar las navidades en el campo... Por último, Dionisios agarró como al desgaire un sombrero de alta copa que alguien había dejado sobre una silla y salió a la calle.

Tratando de huir por donde la muralla que rodeaba la ciudad era menos custodiada, se dirigió a los barrios pobres en los que sólo vivía gente negra o mulata. Fue por allí donde, luego de deambular por horas, al cruzar una calle ya con el fango hasta las rodillas, lo sorprendió y cautivó un ritmo nunca escuchado por el esclavo. Era una música que despertando no se sabe qué secretas ansias paralizaba y luego obligaba a escucharla y a obedecerla... Sin poder contenerse, Dionisios empuja con su jolongo a la muchedumbre que se agolpa en el lugar y entra en el salón donde José Dolores Pimienta —su hijo desconocido— aún sigue tocando el clarinete.

CAPITULO XII
El duelo

Tan frenético y animado era el baile en casa de Mercedes Ayala que aquel negro largo y enfundado en una casaca verde y estrechísima, con botas de montar hasta los muslos, espuelas de oro, sombrero de copa y un enorme jolongo rojo donde gruñía enfurecido un cerdo y cacareaba una gallina no llamó la atención.

En un relámpago vio Dionisios a Cecilia Valdés bailando con Leonardo Gamboa, y un odio, desde hacía muchos años guardado, estalló. Sin pensar en su condición de prófugo, se acercó a la pareja.

—Me pelmite usté bailá eta pieza —le dijo a la joven tocándole un hombro.

Leonardo y Cecilia quedaron sorpendidos ante aquella extraña figura. Fue la joven la primera en reaccionar.

—Lo siento. ¿Pero no ve usted que estoy comprometida con el caballero?

—¡Mentira! —le gritó Dionisios—. No quiere uté bailá conmigo porque soy negro ¡Pero sepa que usté también es una negra!

—¿Qué le he hecho yo a usted para que me ofenda así? —replicó Cecilia indignada.

—Má de lo que uté se imagina. Por su curpa le he tenío que ser infiel a mi mujer y estoy separao de ella desde hace dieciocho años.

Ante estas palabras, Leonardo miró a Cecilia sobresaltado.

—Ni siquiera lo conozco. Este hombre está loco —le dijo Cecilia a Leonardo.

—¡Su madre e la que etá loca! ¡Y por su curpa!— gritó el negro.

—¡El loco es usted!— gritó entonces Cecilia con tal fuerza que finalmente José Dolores Pimienta dejó de tocar el clarinete. Lo cual bastó para que toda la orquesta se parase en seco y con ella los bailadores.

—Oiga, más respeto para la señorita —dijo entonces Leonardo Gamboa quien, entre la confusión y el miedo, no reconocía al cocinero.

En ese momento el cerdo, que viajaba incomodísimo dentro del jolongo, soltó tal gruñido que Gamboa espantado y creyendo que el negro era el mismísimo Lucifer, reculó derribando a varias personas y partió a escape. Desde lejos le gritó a Cecilia Valdés: "¡Oye, recuerda que te veo bien de mañana!"...

—Ya ve usté —dijo entonces Dionisios—, tiene que elegi entre un cobalde o un pelagatos.

—¡Se equivoca usted! —gritó Cecilia— ¡él no es ningún cobarde!

—No me equivoco. Aquí todos son unos cobardes. ¡Sangre e chincha, eso e lo que tienen utede tó!

Y al decir estas últimas palabras, Dionisios miró retadoramente a toda la audiencia.

—El cobarde es usted que ofende a una señorita— Saltó José Dolores Pimienta, dispuesto a mostrarle a Cecilia que él era más valiente que Leonardo.

—¡Sangre e chincha! —fue la respuesta de Dionisios—. Sal pá fuera que te voy a dal una pinchardita.

Preciso era que José Dolores tuviera la sangre de ese insecto para no responder el reto de Dionisios. Padre e hijo salieron a la calle seguidos por la eufórica multitud que se mantenía a prudente distancia.

—¡Chaleco, suelta a ese hombre! —Gritó José Dolores, ridiculizando la vestimenta de Dionisios.

—Vamo a vé quien suerta a quien —respondió Dionisios. Y al abrir el saco para tomar el cuchillo se le escapó revoloteando la gallina que chocó contra el pecho de Cecilia Valdés quien dió un grito y se desmayó.

Pero tuvo Cecilia que recuperarse por sus propios medios pues ya los dos hombres se trincaban en un duelo a muerte. Ambos, con los sombreros sostenidos en la mano izquierda, a manera de escudo, a cortos saltos de aproximaban o se alejaban, lanzando puñaladas al aire.

—¡Hurra! —gritaba la muchedumbre, parapetada tras los quitrines y volantas y hasta sobre el tejado, a cada cuchillazo que los contrincantes (no importaba cual de los dos) se lanzaban. Por lo demás, la carencia absoluta de alumbrado público impedía saber quién hería a quién, aunque los hombres seguían respondiendo golpe por golpe. Pero Dionisios carecía de la destreza y juventud del mulato; además, el inmenso jolongo, del cual no quería desprenderse, le restaba agilidad. Pronto se oyó el ruido de una tela que se rasga seguido de un aullido.

—¡Hurra! —Volvieron a gritar todos sin saber quien había caído.

Era Dionisios el que había sido derribado, cayendo de espaldas y soltando finalmente el rojo jolongo de donde escapó el cerdo a toda velocidad.

—¿Te han herido?—. Le gritó Cecilia Valdés al cerdo (que pasó precisamente por debajo de sus piernas), pensando que se trataba de José Dolores.

—Ni un arañazo —contestó el mulato surgiendo de entre las sombras—. Ni un rasguño —agregó aún más orgulloso al sentir apoyada sobre su corazón la cabeza de la mujer que tanto amaba.

Así permanecieron sólo un instante. Pues pronto de entre la muchedumbre se oyó un nuevo grito.

—¡A correr, que ahí viene Tondá!

Y todos, incluyendo al herido de muerte, se dieron a la fuga cuando el apuesto capitán negro, a caballo y con sable y charreteras, irrumpió en la escena.

CAPITULO XIII
Del Amor

José Dolores Pimienta *tocaría el clarinete y ella, Cecilia, cantaría y bailaría para él. José Dolores Pimienta llegaría al oscurecer, cansado por haber confeccionado tantos trajes ajenos, pero ella, Cecilia, vestida de blanco, una flor en la cabeza, lo estaría esperando a la puerta de la casa... ¿Dónde estaría la casa? ¿En las lomas de Belén? ¿Entre los árboles de extramuros? ¿Junto a una laguna del Manglar? ¿O cerca del mar donde por las noches irían a sentarse?... Un amor, un gran amor tenía que ser para él, José Dolores Pimienta, un consuelo, un sosiego compatido, una suerte de pequeño, modesto y mágico lugar inmune al espanto y a las humillaciones que lo circundaban. Porque un gran amor, se decía, tenía que partir de un equilibrio entre dos sensibilidades semejantes marcadas por un mismo estupor, proscritas por un mismo mundo, señaladas por una injusta maldición, cómplices y por lo tanto enemigas de una misma historia.*

Una fiesta, un paseo por la playa, una tertulia entre amigos. Y ellos siempre aparentemente cercanos a los otros, pero inaccesibles e invulnerables, inbuidos (aún en medio de la multitud) uno en el otro, en ese paraje único que sólo a los amantes les está autorizado penetrar... Un amor, un gran amor, ¿qué era sino el goce paladeable, reposado y repetido de cada minuto compartido con la persona amada? La dicha de sentarse juntos a la mesa, la ventura de estar vivos y abrazados, el placer de vivir uno en el otro. Porque un amor, precisamente por grande, no puede alentar más que pequeñas ambiciones y goces colmables. Qué importaba el mundo y sus ambiciones y sus locuras, los palacios, las joyas y los viajes, si ellos podrían disfrutar del insólito tesoro de un sentimiento de afecto exclusivo y compartido. Nada igualaría la riqueza y plenitud de desbordarse, reconocerse y completarse mutuamente.

Vendrían los hijos, los nietos; envejecerían. Recordarían (y recontarían) cómo se conocieron, cuándo por primera vez se amaron. Estarían siempre así, apoyándose hasta con la mirada. Porque un amor, un gran amor, no podía ser sólo aventura, sino constancia y dedicación, sosiego, satisfacción, esperanza y sacrificio compartidos.

Ante el vasto panorama de la soledad y de la desesperación, de la ambición y del crimen, ellos, con su pasión, levantarían un muro y a su sombra vivirían —y morirían— juntos.

Así pensaba José Dolores Pimienta, y su mirada fue en busca de su amada Cecilia; pero ésta, del brazo de Leonardo, había desaparecido rumbo a la parte menos iluminada del salón.

TERCERA PARTE

(LOS BLANCOS
Y LOS NEGROS)

CAPITULO XIV
Isabel Ilincheta

Los estentóreos ronquidos que la familia Gamboa exhalaba, poniendo en fuga a veces a todos los animales de la cuadra y hasta a centenares de esclavos que de inmediato eran capturados o exterminados por Tondá, fueron interrumpidos por la llegada de una antigua y enorme volanta cuyas ruedas enfangadísimas salpicaron la fachada de la residencia.

El viejo y negro calesero abrió la puerta del carruaje y del mismo descendió de inmediato Isabel Ilincheta, seguida de su padre, el señor don Pedro.

Venían de su finca en Pinar del Río, el cafetal *El Lucero,* y permanecerían sólo un día en la capital con el fin de que Isabel comprara su ajuar de navidad. Como de costumbre en sus visitas capitalinas residirían en la casa de los Gamboa a quienes les unían lazos de amistad e intereses comunes ya que el cafetal de los Ilincheta colindaba con el ingenio *La Tinaja*, propiedad de don Cándido.

Por otra parte, desde hacía varios años las familias Ilincheta y Gamboa habían concertado la futura boda de Leonardo e Isabel, y aunque la pareja, a decir verdad aún no había formalizado el noviazgo, tanto don Cándido como, al parecer, don Pedro, estaban convencidos de que el casamiento era cosa segura. De una u otra forma, pensaba don Cándido, ellos se encargarían de que así fuese.

Era Isabel Ilincheta una señorita alta, más bien corpulenta aunque desgarbada, de piel y pelo amarillentos, brazos largos y dedos larguísimos que movía en todas direcciones inventariando cuanto objeto se presentaba ante sus ojos. Esta costumbre, elogiadísima por su padre y por su futuro suegro, la había perfeccionado aún más cuando supo que ella, en calidad de hija única, debía fungir como administradora del cafetal *El Lucero*, tarea que desempeñaba a maravilla. Tenía ojos pequeños, cejas casi ausentes y un bozo que era casi un tupido bigote sobre los labios que generalmente permanecían apretados.

Avanzó don Pedro hasta el centro del comedor de los Gamboa y ya iba a ordenar a la servidumbre que anunciase su llegada y la de su hija cuando ésta, deteniéndolo le hizo un reproche con voz fría y segura.

—Papá —dijo la señorita—, cualquier persona de mediano razonamiento sabe que del zaguán al centro del comedor donde ahora estás parado hay exactamente veinticinco varas españolas. Si tomamos en cuenta que el paso normal de un hombre de tu edad ha de ser de media vara, no tenías que haber dado más que cincuenta pasos exactos. Pues bien, he calculado, con absoluta certeza, que has dado cincuenta y tres pasos. Un derroche innecesario...

—Cierto, hijita —respondió humildemente el padre que la admiraba y temía. Y fue a presentar sus excusas.

Pero en ese momento bajaba ya las escaleras doña Rosa envuelta en una larga bata de sarga amarilla y chinelas de fieltro que la asfixiaban, por lo que don Pedro avanzó, siempre midiendo sus pasos, hacia su anfitriona.

No lo hizo así, al menos de inmediato, la señorita Isabel, quien apostaba en la puerta cochera o zaguán vigilaba las provisiones, equipajes y regalos que había hecho traer de la finca. Todos los cajones (algunos traían aves, huevos y animales de corral) fueron abiertos ante la mirada expectante de la dama quien metía sus manos en ellos, contaba y luego rectificaba con una larga lista que guardaba entre los senos. Viendo finalmente que nada faltaba, avanzó sonriente hasta doña Rosa. Y comenzaron los cumplidos.

Doña Rosa: ¿Cómo va todo por el cafetal?

Don Pedro: Mal, mal. De las aves de corral acaban de morirse dos pollos recién nacidos...

Isabel (interrumpiendo): Dos no, papá; tres.

Doña Rosa: ¡Qué desgracia! Seguro que eso se debe al descuido de los negros. Esos perros...

Don Pedro: Nos arruinan, nos arruinan los muy vagos. Y pensar que como si fuera poco hay que darles hasta la comida. Diez onzas de oro me gasté este año en comprarle mabinga a esos malagradecidos.

—¿Qué dices, papá? —replicó enfurecida Isabel — ¡Once onzas y un duro fue lo que se gastó!

—Así es, hijita! —repuso el padre tranquilamente ante los maravillados oídos de doña Rosa que no cesaba de decirse: ¡Qué mujer! Quizás esta es la que necesita Leonardito, ya que no puedo ser yo misma... Aunque no estoy completamente segura...

Luego doña Rosa preguntó:

—¿Y piensas estar muchos días por acá?

—Querida, —respondió Isabel—, estaremos 24 horas, 25 minutos y un segundo solamente. He calculado, con precisión indiscutible, que empleando ese tiempo aquí podremos llegar a la hora en punto al cafetal para el recuento de los granos secos de café. Ya sabe usted que hay que contarlos uno por uno y varias veces, pues esos negros son capaces de esconderlos hasta debajo de la lengua y traficar así con nuestra fortuna.

—¡Ay, cómo no lo voy a saber! —apoyó doña Rosa— ¡Si a nosotros nos tienen casi en la ruina!

—¡En la ruina! —exclamó Isabel aterrada.

—No exageres, mujer —dijo en ese momento don Cándido, quien bajaba sonriente las escaleras, seguido de Carmen su hija preferida.

Muy pronto se unió el resto de la familia a los visitantes, con excepción de Leonardo que seguía durmiendo. Por lo que don Cándido, con voz potente, mandó a Toto, un negro adolescente que hacía de paje de Leonardo, a que lo despertara.

En un chistar subió el negro a las habitaciones del señorito y aún más rápidamente bajó, aunque muerto, cayendo en el mismo centro del salón donde se conversaba animadamente mientras se tomaba el chocolate de la tarde.

—¡Ay, este Leonardito...! —se quejó doña Rosa melindrosamente mientras contemplaba el cadáver del negrito—. Siempre se despierta de muy mal humor.

En efecto, en varias ocasiones el señorito había dado muerte con lo primero que tenía a mano a algunos de los esclavos por haberlo despertado, aunque la orden

58

viniese, como siempre, de don Cándido.

—No pienses que eso es una gracia —replicó precisamente don Cándido a doña Rosa, visiblemente contrariado—. De esa manera he perdido ya a varios de mis mejores criados. ¡Y sabrán ustedes —dijo ahora dirijiéndose a don Pedro e Isabel— que los ingleses, esas bestias, cada día están más empecinados en que no desembarquemos ningún saco de carbón de Africa.

Y haciendo un gesto, don Cándido ordenó a la servidumbre que retiraran el cadáver de Toto.

—¡Ay, digamelo a mí —respondió don Pedro, apartando los pies para que el muerto pasaría sin tropiezos—, que toda mi fortuna la hice gracias a mi sociedad con Pedro Blanco, mi tocayo! Eran otros tiempos. Arriesgadísima empresa es traer ahora bultos del Africa.

—¡Dígalo usted! —enfatizó don Cándido—. yo mismo estoy ahora con el corazón en la boca. Ya debía estar aquí el bergantín La Veloz que desde hace tres meses envié a Guinea. A lo mejor los diabólicos ingleses lo han capturado.

—Don Pedro Blanco siempre me lo decía. En esto de "La trata" hay que maniobrar rápido que la envidia y la malignidad abundan demasiado.

—¿Y dónde está ese buen hombre? —indagó don Cándido a quien la imagen de Pedro Blanco siempre le había fascinado.

—Después que los ingleses prohibieron el tráfico con los carbones se trasladó al Brasil donde se casó con unas cien negras a la vez. Ahora él mismo fabrica negritos que los vende a precio de oro.

—No es mal negocio —rió don Cándido.

—¡Jesús, Gamboa! —moralizó doña Rosa— ¡Qué dirán las señoritas!

—Mamá —gritó en ese momento Carmen—, ya es casi la hora del paseo. Ordena a Dolores Aponte que enganche la volanta.

—Sí, sí —apludió Antonia—. Recuerden lo que nos dijo Tita Montalvo: que su tía, la condesa de Merlín, irá hoy al Prado.

—¿La "francesa?" —indagó Isabel algo inquieta.

—Esa —respondió Antonia— dicen que tiene una de las cabelleras más hermosas del mundo.

—Entonces voy a despertar a Leonardo —dijo Adela, la menor de las hijas de don Cándido, por quien su hermano sentía un especial cariño—: Su amigo, el conde de O'Reilly, nos prometió presentarnos a la Condesa.

Y sujetándose la larga falda con las dos manos, Adela subió a toda velocidad las escaleras.

—¡Hija! —gritó doña Rosa —¡Ten cuidado...!

Pero ya Adela había entrado en la habitación del joven cerrando inmediátamente la puerta.

CAPITULO XV
Un paseo en volantas

A las cuatro en punto de la tarde, hora medida por el enorme reloj, al parecer de pared, que Isabel llevaba colgado al pecho, salieron las cuatro señoritas en la regia volanta. Atrás, en quitrín, venían Leonardo y Ernesto O'Reilly quien lucía en su casaca la imponente cruz de Calatraba.

El paseo comenzó en la calle de La Muralla donde los carruajes se detuvieron frente a los más lujosos establecimientos para que las señoritas, sin apearse, hicieran algunas compras navideñas.

Continuando calle abajo tropezaron con las inconveniencias del tráfico a esa hora en la calle más comercial de la metrópoli colonial. Pesadas carretas tiradas por bueyes subían en dirección opuesta cargadas de azúcar, café, tocino, vinos y mil productos más cuyos diversos olores, mezclados al de los animales y sus necesidades naturales, repugnaban a las damas que batían sus abanicos para ahuyentar, aunque inútilmente, tal pestilencia.

Como si eso fuera poco, una calesa manejada con impericia por un calesero joven chocó de costado con el quitrín donde iban los señores. Al momento los dos caleseros entablaron una feroz disputa donde mezclaban palabras semi-españolas y voces africanas que cada vez retumbaban más alto en la ya congestionada calle.

En vano fueron los gritos de las señoritas y la orden de partir de los señores. Los negros caleseros terminaron bajándose de sus respectivos caballos y trincándose en una batalla mortal, pues ambos sacaron largas navajas que guardaban en el pecho.

Formóse tal alboroto en medio de la calle de La Muralla que a todo lo largo de la misma se paralizó el tráfico. Las señoritas agitaban enfurecidas sus abanicos. Leonardo lanzaba al vuelo golpes violentos con su bastón. El público parado en los carruajes, los balcones o en la misma calle, daba gritos de ¡viva! y ¡muera! Finalmente, por una confabulación de la fatalidad, ambos contrincantes resultaron heridos de muerte al mismo tiempo, por lo que los viajeros pudieron continuar el paseo.

Fue Isabel Ilincheta quien, para mayor seguridad, tomó las riendas de la volanta y haciendo de calesera montó el caballo a la mujeriega (justo es confesarlo); en tanto que el Conde de O'Reilly condujo el quitrín.

Pero al llegar a la Puerta de la Tenaza, una de las cinco puertas que sobre puentes levadizos comunican con extramuros, una multitud de negros, mulatos, blancos y hasta elegantes damas se agolpaban contra la varandilla, mirando hacia los fosos.

Allá abajo, dentro de las aguas de los fosos, el mulato Polanco y el negro Tondá, completamente desnudos, reñían a patadas.

En efecto, los célebres nadadores, tal como Dios los trajo al mundo, o como vivían en su país de origen, se zambullían, giraban bajo el agua y reapareciendo procuraban hacerse daño descargándose tremendos golpes con las piernas.

Llamábase éste "el duelo del cocodrilo" y generalmente alguno de los contrincantes perecía entre las turbias aguas.

Ya fuera por seguir las peripecias de la pelea acuática o para mirar los atléticos cuerpos desnudos, el caso es que las cuatro señoritas se bajaron de su calesa —cosa verdaderamente insólita para aquella época— y reclinándose peligrosamente a la varandilla del pasadizo observaron con detenimiento. Lo mismo hicieron los señores que, para custodiar a las damas o también por curiosear, se unieron a la multitud.

Finalmente, fue Isabel Ilincheta la que consultando su gran reloj exclamó: —¡Las cinco! ¿Perderemos a la condesa por causa de dos negros?

Y otra vez la comitiva —a pesar de la enfática protesta de Carmen Gamboa— se puso en marcha.

CAPITULO XVI
El Paseo del Prado

Al llegar las señoritas Gamboa y sus acompañantes al Paseo del Prado toda la sociedad habanera se encontraba allí, exhibiéndose en sus carruajes y a la expectativa. Aún la famosa Condesa no había hecho su llegada.

Se componía el Paseo del Prado —copia inferior al original situado en Madrid— de una calle ancha y central, bordeada de árboles rústicos, por lo que desfilaban los carruajes, y dos calles laterales más estrechas por donde cruzaban los peatones, gente de menor categoría social, pero blancos.

En cada uno de los extremos del paseo, esto es, en la zanja donde comenzaba el Jardín Botánico y en la Fuente de los Leones, cerca del mar, el teniente de los Dragones había puesto sus soldados con el fin de controlar el tráfico y evitar excesos de velocidad. Pues una vez que los paseantes, ya a caballo o en carruaje, entraban en el Prado no podían detenerse. Tal era la regla del teniente de los Dragones ordenada por el Capitán General a fin de que todos pudieran transitar.

Como la cantidad de vehículos que desfilaba era tan numerosa, las hijas de don Cándido pudieron saludar coquetamente a todos sus amigos que marchaban en diversos transportes, y aún a los caballeros de a pie que iban por las sendas laterales, casi todos españoles empleados en la administración pública y otros oficios de poca importancia.

Por su parte, los caballeros en quitrines o en vistosos corceles, vestidos generalmente con largos escarpines de seda que les permitían exhibir sus piernas, pantalones ceñidos, casacas y sombreros de copa que constantemente chocaban contra las ramas de los árboles, aprovechaban la lentitud de la marcha para iniciar prometedoras conversaciones con las damas quienes al mover de una u otra forma su abanico decían, en ese lenguaje complicadísimo y sutil, si aceptaban o no los requiebros del galán.

Los condes de Santa Clara, el marqués de Lombillo, los duques de Villa Alta, los nietos de la anciana marquesa Pérez-Crespo, los Arcos, los Games y numerosos jóvenes más conversaban con las hijas de los Gamboa que incesantemente manipulaban sus abanicos en todas las direcciones llegando a veces a golpear el rostro de Isabel Ilincheta quien con su habitual sentido práctico, aprovechaba el efecto de estos golpes para hacerlos pasar como rubor ante las palabras más o menos amables de Leonardo.

Detrás de los caballeros venía una cuadrilla de negros esclavos encargados de recoger los sombreros o cualquier otra prenda que se les cayese a sus amos.

De pronto, en toda aquella muchedumbre que llevaba varias horas desfilando bajo el sol aún candente del atardecer reinó un silencio absoluto. Por una de las puertas de la muralla llamada de La Punta, entraba una lujosa volanta con el escudo de Los Montalvo. La señora María de las Mercedes de Santa Cruz, Condesa de Merlin, ya estaba en el Prado.

Tal vez debido a las gigantescas proporciones de la falda que portaba la Condesa ninguna otra persona venía en el carruaje. Llevaba la distinguida dama, además de la falda gigantesca, que a veces al ser agitada por el viento cubría tanto al calesero como al caballo, relucientes botines de fieltros tachonados en oro, chaqueta de fino talle pero con mangas inmensamente acampanadas, largas cintas violetas, azules y rojas que desprendidas del cuello partían hacia todos los sitios; el brillo y color de diversos collares resaltaban aún más la blancura de aquellos pechos aún turgentes y casi descubiertos por la gigantesca manta que la hábil condesa dejaba caer graciosamente. La cabeza estaba cubierta por un inmenso sombrero de altísima cúpula y alas aún más desproporcionadas. Pero si imponentes resultaban tanto su figura como sus atuendos y joyas, aún más fascinante y extraordinaria era su inmensa cabellera negra que saliendo del gran **sombrero se** derramaba en cascadas sobre su espalda cubriendo toda la parte trasera del carruaje. En el centro de esta cabellera descomunal centelleaba una peineta calada incrustada de diamantes.

Por último, sobre su regazo y haciendo mil reverencias iba una mona joven del sur de Madagascar, vestida a la francesa y con campanilla de plata al cuello de donde partía una larga cadena de oro que la condesa sostenía entre sus finos guantes a la vez que batía graciosamente el monumental abanico hecho con plumas de pavorreal. Así avanzaban, la Condesa sin dejar de sonreír pero sin mirar a persona alguna, la mona engalanada haciendo mil saludos.

De todo el público allí presente, tanto en carruajes como a pie, salió un *ah* fascinado. Evidentemente la Condesa había cautivado a toda la sociedad habanera, desde los modestos empleados del gobierno que quedaron boquiabiertos bajo la alameda hasta las grandes damas nobles o las distinguidas señoras que la contemplaban embelesadas.

Se impuso entonces como una suerte de emulación entre los paseantes. Todos querían acercarse a la aristócrata y saludarla. De esta manera, como disparados por un resorte, volantas, calesas, caballos y quitrines, se lanzaron al centro del Prado intentando marchar paralelamente a la volanta de los Montalvo.

Naturalmente, por lo estrecho del paseo resultaba imposible que todos a la vez pudieran presentar sus respetos a la dama por lo que se desató una verdadera furia entre los caleseros que azuzados por las señoras se lanzaban contra el carruaje más próximo a fin de ganar un puesto privilegiado. Al mismo tiempo los hombres de a pie irrumpieron en el paseo central pereciendo muchos entre las ruedas de los vehículos. Como si aquello fuera poco, los esclavos recogedores de sombreros se lanzaron también tras la comitiva en busca del bombín de su señor que había rodado por el polvo,ya al chocar contra las ramas de un árbol,ya al ser derribado por el sablazo de uno de los dragones que enfurecido quería poner orden a aquella barahunda.

El único personaje que dentro de aquel insólito torneo parecía disfrutar del paseo era la Condesa, quien con la eficaz mona en su regazo manipulaba impasible

su imponente abanico, **sonriéndole** encantadoramente
a una dama que parecía destripada entre las ruedas mo-
numentales de una calesa, o a un esclavo que daba
gritos de júbilo pues a pesar del caos había logrado capturar el sombrero de su señor.

Como si el número de personajes distinguidos que
querían homenajear a la Condesa fuera reducido, se vió
irrumpir desde la Calzada de Jesús del Monte los coches
del Capitán General y del señor Obispo, las únicas dos
personas autorizadas a utilizar este tipo de carruajes.
Ante la presencia de las dos figuras más prominentes de
la Isla, los dragones, orientados por su teniente, cesaron
de vigilar y repartir palizas a los paseantes, por lo que la
confusión del tránsito se hizo aún mayor.

Fue entonces cuando, en medio de aquella inmensa
polvareda que se elevaba en remolinos hasta el mismo
sol, surgió una mano hábil y veloz que acercándose rápidamente a la volanta de la Condesa comenzó a tirar
de su peineta calada. Se trataba de la negra Dolores
Santa Cruz quien desde hacia años, luego de haberse arruinado, deambulada enloquecida por toda la ciudad.

Por breves momentos, ante la expectación y el desconcierto de toda la sociedad habanera, negra y condesa
sostuvieron una breve batalla. Pero Dolores Santa Cruz,
evidentemente más hábil en la técnica de apoderarse de
una peineta que la Condesa en el arte de conservarla en
su cabeza, pudo finalmente tomar la prenda, llevándose
consigo la hermosísima cabellera aristrocrática, y
quedando María de las Mercedes de Santa Cruz, Condesa de Merlín, tal como era: absolutamente calva.

Un nuevo **ah**, ahora de desencanto, paralizó a toda
la concurrencia. Parálisis que fue aprovechada por Dolores Santa Cruz para darse a la fuga en tanto que la
condesa, bajándose de un salto de la volanta, se abría
paso enfurecida detrás de la ladrona.

Por más de tres millas corrieron las dos mujeres entre la casi petrificada concurrencia: la negra soltando
maldiciones en su dialecto guineano; la Condesa, impro-
perios tanto en francés como en español y de tan subido
calibre que el mismo obispo, el señor Echerre, se persignó espantado cuando fugitiva y perseguidora pasaron
cerca de su coche, y corrió prudentemente la ventanilla
del mismo...

Como un bólido, pero sin soltar la prenda, Dolores Santa Cruz, siempre perseguida de cerca por la Condesa, le dio varias vueltas a la estatua de Carlos III, saltó por encima de la fuente de Neptuno voló por sobre la de los leones y sin detenerse trepó la muralla. Fatigadísima miró hacia atrás y pudo ver a un sólo paso la calva reluciente de la Condesa quien sin perder ninguno de sus atuendos, ni siquiera el monumental abanico —ni la mona que emitía histéricos chillidos—, ya le daba alcance. Proeza ésta si se viene a ver realmente histórica, ya que sólo el complicado varillaje de las enaguas que la dama usaba había reventado a varios caballos de la casa Montalvo.

Sin perder un minuto, la hábil ladrona se desprendió de las pocas ropas que llevaba y, con la peineta calada entre los dientes, se lanzó a las turbulentas aguas de la bahía nadando en dirección al Castillo del Morro.

Por un momento la Condesa se detuvo sobre la muralla, viendo el cuerpo de la negra aparecer y desaparecer entre el oleaje. ¿Sería capaz de lanzarse al mar en persecución de la ladrona? La empresa era realmente descabellada. Pero ¿acaso no era también descabellada la Condesa? Así, sin medir el riesgo y sin desprenderse de ninguno de sus atuendos, la noble dama lanzose también a la bahía.

Ya sea por el efecto de la caída desde aquella altura o por el viento bastante fuerte del atardecer tropical o por ambos efectos combinados, el caso fue que las inmensas faldas de la dama al caer al agua se inflaron como un enorme globo, otro tanto sucedió con su blusa de mangas acampanadas y con las colosales alas del sombrero que se había vuelto a colocar. Así, en pocos segundos, la regia señora adquirió la configuración y eficacia de un enorme y poderoso velero que impulsado por el viento abandonaba ya la bahía y atravesaba el Golfo de México internándose, a vela tensa, en el océano Atlántico. Hasta las enormes cintas de diversos colores que portaba la dama contribuyeron a darle más lucimiento al conjunto sobre el cual saltaba la eufórica y engalanada la mona de Madagascar. De modo que los oficiales de una fragata inglesa (que acababa de capturar a un barco negrero) confundieron aquellas cintas con los colores del pabellón de su país y al ver aquel mico desgreñado y vestido a la francesa ya no les cupo la menor duda: la mismísima Reina de Inglaterra, en regia nave, venía a visitar sus dominios de ultramar, por lo que, sin mayores trámites, la saludaron con veinticinco cañonazos.

Llevada por las corrientes del Golfo y por las brisas marinas, a la vez que haciendo uso realmente magistral de su poderoso abanico, la distinguida dama entraba una semana más tarde en el Mar Mediterráneo donde, siempre sin esfuerzo y con suma gracia, arribó a su patria adoptiva por el puerto de Marsella.

—¡Nunca más —le confesó enojada a su amante y mantenido, el señor de Chasles, mientras se alizaba su nueva cabellera —volveré a la Isla de Cuba!

—¿Qué te ocurrió? —preguntó interesado el amante.

—Me robaron una peineta.

—A algún pretendiente afortunado debes habérsela regalado —dijo el señor De Chasles que era, o pretendía ser, un hombre celoso.

Entonces la traviesa mona hizo varios movimientos de aprobación y soltando un gritico, antes de que la Condesa pudiera pegarle, se refugió bajo sus amplias faldas.

CAPITULO XVII
El Encuentro

Las luces de la casa de los Gamboa se habían apagado. Sólo la llama central del fogón, formada por unas cuantas brasas, parpadeaban levemente rodeada de casi todos los esclavos que aprovechaban las pocas horas de la madrugada para dormir, amontonados alrededor del fuego.

Quien observase de lejos aquella residencia podría pensar que todos —incluso la servidumbre— se entregaba al sueño después de un día tan agitado... Sin embargo, como movidos por un resorte, cuando los esclavos bajaron del techo las grandes lámparas y extinguieron sus llamas, casi todos los habitantes de la mansión empezaron a trajinar en sus habitaciones.

Antonia, Adela y Carmen se deslizaron sigilosas hasta los balcones de sus respectivas alcobas donde tres jóvenes militares españoles, verdaderamente impacientes pero silenciosos, las aguardaban. Comenzando así un diálogo que aunque expresivo se resolvía en sonrisas y apagados susurros imposibles de ser escuchados por el resto de la familia.

En cuanto a Isabel, aprovechando la luz de la luna (a fin de no gastar más la vela del cuarto que pensaba llevarse para su cafetal) repasaba la contabilidad de la cosecha, verdaderamente alarmada por un *déficit* de varios granos de café.

Doña Rosa, a pasos nerviosos y apagados, salió de su habitación pensando que su esposo dormía y entró despacio en la cámara de su hijo. Iba a ponerle el reloj de repetición en la almohada. Así al otro día, pensaba su madre, el despertar del joven sería feliz.

69

Pero don Cándido que enfurecido por la fuga del negro cocinero no dormía, salió antes de tiempo al zaguán donde en secreto se había dado cita con doña Josefa que ya lo aguardaba. Rápidamente la abuela de Cecilia le informó con lujo de detalles sobre las relaciones de su nieta con Leonardo; es decir, las relaciones amorosas de los dos hermanos. Hecho que alarmó a don Cándido aún más de lo que Josefa esperaba.

También don Pedro había aprovechado la oscuridad para deslizarse por la escalera trasera hasta la cocina, donde con promesas y amenazas intentaba ya poseer a una negra bozal que no entendía ni una palabra de español.

Así, en el momento en que todos estos personajes sostenían un agitado pero casi mudo diálogo, doña Rosa, extasiada, contemplaba a su hijo Leonardo quien completamente desnudo parecía dormir profundamente.

Muy lejos sin embargo estaba Leonardo Gamboa del sueño. Todo lo contrario: en el momento en que entró su madre en la habitación, él se había despojado de su bata de dormir para ponerse un traje de calle. Tenía a las cinco en punto (hora en que doña Josefa, acompañada por doña Federica, iba para la primera misa) una cita con Cecilia Valdés. Emitiendo sosegados ronquidos padecía aquel discurso amoroso que su madre, en su honor, y creyéndose no escuchada pronunciaba.

—¡Hijo de mi alma! ¡Mi mejor amigo! ¡Mi vida! ¡Tú eres mi único amor!... Tú sí me comprendes, tú sí me quieres. Tú eres la única persona con la cual yo podría vivir. ¡Nadie nos separará **nunca!**...

Palabra esta última que en verdad alarmó al joven, pues si algo quería en ese momento Leonardo Gamboa era no solamente separarse de su madre, sino volar lejos de ella y abrazar de inmediato a su amante.

—¡Nadie nos separará nunca! ¡Nadie! —volvió a repetir doña Rosa como si hubiese adivinado las intenciones del joven—. Aquí está tu relojito de repetición. Este y un millón más tendrás... ¡Oh, mi amigo del alma!...

Y fue a reclinarse aún más sobre su hijo que alarmado no sabía ya si seguir haciéndose el dormido o fingir que despertaba para ponerle fin a aquel extraño y empalagoso monólogo.

Fue entonces cuando el lujoso reloj de repetición, quizás por una incosciente presión de la excitada doña Rosa o por algún misterio de su mecanismo, comenzó a sonar con un estruendo tal que la misma doña Rosa alarmada soltó un grito y el hijo, desnudo, precipitóse escaleras abajo, tropezando como era de esperarse con don Cándido quien al (alarmado) alzar los brazos hizo inconscientemente la señal de "¡quiero fuego!" lo que provocó que el joven Tirso que nunca dormía, sino que vigilaba los deseos de su amo, se abalanzase con el gran brasero de plata repleto de carbones chisporroteantes, uno de los cuales cayó sobre el cuerpo desnudo de Leonardo que estalló en maldiciones y soltó una bofetada que derrumbó a la pobre doña Josefa.

Inmediatamente, doña Rosa, al descubrir a la negra en brazos de don Cándido (que la ayudaba a levantarse), estalló en gritos de **adúltero, mal marido, degenerado.** Pero don Cándido que en la oscuridad no había identificado al hombre desnudo que bajó las escaleras seguido de doña Rosa, a gritos de *¡puta!* lanzó a su esposa contra la mesa central del comedor.

Estremecidas las tres hermanas por aquella palabra que, pensaron, no podía referirse más que a cada una de ellas en particular, soltaron a sus amantes y corrieron hasta el centro del zaguán tropezando con el resto de la familia que allí se debatía; en tanto que doña Josefa y los tres militares españoles salían a escape. Detrás de aquellos hombres, tal como vino al mundo y dispuesto a darles muerte, salió enfurecido Leonardo Gamboa.

—¡Quién es ese hombre desnudo! -gritaba don Cándido cada vez más alto— ¡Atajen a ese descarado! *¡al delincuente!...*

Lo cual hizo que todos los negros que trasteaban los calderos en la cocina, creyéndose aludidos, emprendieran también la fuga, entre un enorme estruendos de cacerolas, por el único zaguán de la casa, confundiéndose con la gente que allí estaba. Mientras, don Pedro que al oir el alerta de "al delincuente" también se creyó descubierto (y ya se había hasta desnudado) intentó huir por el zaguán seguido por la negra bozal (la que pensó que ése era su deber), uniéndose ambos al tumulto y formando ya un solo e imbrincado amasijo.

Entonces Isabel Ilincheta, que celaba a su padre como a un codiciado amante, tomó su enorme látigo y

71

comenzó a repartir golpes sobre todo el promontorio humano, ya que era muy difícil entre tanta confusión y oscuridad dar en el blanco (y en la negra) deseado.

Gemían, pues, y pedían perdón las tres hijas de don Cándido creyéndose castigadas por el padre; gemía y protestaba el padre creyéndose golpeado por doña Rosa; gemía doña Rosa creyéndose difamada y golpeada por su propio marido; gemían los negros rateros de la cocina y la negra bozal que no entendía el porqué de aquellos golpes y se abrazaba a don Pedro que también gemía mientras pedía clemencia a su airada hija. Y gemía, mientras repartía latigazos, Isabel quien nunca pensó que su padre, su queridísimo padre, la traicionara con una negra bozal... Fue doña Rosa quien en medio de los golpes, y suponiéndolos propinados por su esposo, pudo coordinar algunas palabras:

—¡Gamboa, ese hombre desnudo que salió disparado no es ningún amante, es tu hijo Leonardo!

Palabras que en lugar de contener la furia de don Cándido la hicieron aumentar aún más.

—¡Mi hijo! ¡Mi hijo! —gritaba mientras la lluvia de latigazos propinada imparcialmente por Isabel seguía cayendo —¡Hay que alcanzarlo! ¡Sal! ¡Llámalo! ¡Detenlo! ¡Corre, patas de plomo! ¡Que vengan todos los esclavos! ¡Que se despierte la servidumbre...! Va para la casa de Cecilia! ¡Va a ver a su amante que es su...! ¡No, no, no puede ser! ¡Y ella está sola en la casa! ¡Esta es la ocasión que aprovecha el Demonio! ¡Yo también me he descuidado! ¡Debí preveerlo! ¡Evitarlo! ¡Sí, impedirlo, pero cómo! ¡Ay, si yo pudiera dar la cara...! ¡Lo desnuco! ¡Lo meto en un buque de guerra! ¡Corran! ¡Corran! ¡Hay que agarrarlo antes de que sea demasiado tarde porque si no soy capaz de matarlo... ¡Tú! ¡Tú tienes la culpa! —increpaba ahora a doña Rosa que no entendía el porqué de aquel discurso—: ¡Tú, por haberlo educado de la manera que lo has hecho!

En ese momento apareció el mayordomo.

—Señor —dijo quitándose ceremoniosamente el sombrero de yarey y haciendo una reverencia ante aquel amasijo humano donde se debatía don Cándido—, tengo malas nuevas: el bergantín *La Veloz* fue capturado por los ingleses y lo traen escoltado hacia el puerto.

—¡Cómo es posible eso! —exclamaron al mismo

72

tiempo don Cándido, su esposa, sus tres hijas, don Pedro e Isabel. Todos paralizados ante aquella noticia que significaba una cuantiosa pérdida para la familia.

Al momento cesó la batalla. Tanto las damas como los señores se compusieron y alizándose el cabello entraron en el comedor, se sentaron y comenzaron a elucubrar qué podrían hacer para recuperar al menos parte de la carga incautada.

—¡Esos ingleses! ¡Esos ingleses! —bramaba doña Rosa— ¡Con razón no son cristianos!

—¡Perder ese cargamento de negros será un desastre para toda la familia —sentenció don Cándido

—¡Ay, papá...! —exclamó la señorita Carmen.

Y se echó a llorar copiosamente en las piernas de don Cándido.

—Debe haber alguna solución —razonó serena Isabel Ilincheta.

—Lo primero —rezongó Gamboa calándose el sombrero— es ir a ver al Capitán General. El, como negrero, tiene que estar de nuestra parte.

Y rápidamente, olvidándose de su hijo y de la aventura con su propia hermana, don Cándido Gamboa salió otra vez enfurecido a la calle.

CAPITULO XVIII
Dolores Santa Cruz

Dolores, Dolores... ¿por qué tantos negros, lo mismo hombres que mujeres, se llamaban Dolores? Quizás, seguramente, porque como esclavos no tenían otra manera de publicar su dolor; un dolor sin sexo y tan largo como sus propias vidas, un dolor que duraría tanto como su propio nombre. Dolores, Dolores, al ponerle ese nombre a sus hijos, los padres ya les anticipaban, con una fatídica y certera premonición, el significado de toda la existencia, dolores, dolores... Y Dolores era también su nombre, nombre sin duda bien escogido, porque dolores había sido y era su historia.

Capturada en Africa como un animal había sido vendida aquí como tal. Ella supo del cepo y los azotes, del hambre y de las jornadas de veinte horas. Ella sabía que era muy difícil en un mundo de esclavos y señores llegar a ser libre. Y se dedicó a trabajar (no como un negro esclavo, sino como un centenar de ellos) día y noche y en varios sitios a la vez. Ahorraba hasta el último céntimo vendiendo su fuerza y su cuerpo a quien mejor pagara.

De noche, alrededor del fogón donde se amontonaban los esclavos para calentarse, ella veía aquellas figuras jóvenes y envejecidas, arracimadas; observaba cómo se buscaban a tientas los cuerpos tratando de protegerse, tratando inconscientemente de esconderse; siempre queriendo meter la cabeza en un lugar oscuro para no ver tanto horror. Así, entre quejidos y patadas, transcurría aquel sueño que era pesadilla.

Gracias a sus incesantes trabajos, argucias y ahorros ella había comprado su libertad. Pero ser libre y pobre es seguir siendo esclavo. Trabajó aún más y pudo hacerse de varias casas de juego, de una repostería y una zapatería.

Entonces fue cuando llegaron los abogados con miles de papeles y preguntas ¿dónde están tus títulos de propiedad? ¿quiénes te los ha otorgado? ¿dónde están los sellos y las firmas del superintendente y del ejecutor?... Y como muchos de aquellos abogados trabajaban para los mismos señores que le habían vendido a ella la propiedad y ahora querían quitársela, los papeles nunca aparecieron. Además, para defenderse de aquellos abogados tuvo que pagar otros abogados que eran a la vez dependientes o representantes de los primeros abogados. Así, un día se le comunicó oficialmente no sólo que ya no le pertenecían sus propiedades, sino que le debía toda una fortuna a los abogados que la habían defendido. De no pagar con dinero contante y sonante, Dolores Santa Cruz tendría que pagar con su trabajo; es decir, pasaría, legalmente, el resto de su vida como esclava.

Sólo dos hechos podrían liberarla de esta condena, la locura o la muerte. Optimista, optó por la locura.

Sí, se hizo la loca. Porque lo cierto era que estaba más cuerda que nunca. Supo pues engatuzar a los jueces y se fue por las calles de La Habana haciendo cosas disparatadas y cantando extrañas canciones entre africanas y españolas. Su "¡Po, poó, pooó, aquí está Dolores Santa Cruz, lo abogaó me lo quitaron tó!" se hizo tan popular que ya nadie le prestó atención. Así fue como pudo pasar inadvertida, ser libre, y conspirar.

Porque lo cierto también era que día y noche, mientras cantaba aquellas tonadas al parecer desquiciadas o ingenuas, se reunía con negros cimarrones o sediciosos, incendiaba caballerizas y residencias, envenenaba banquetes señoriales, desataba plagas, contaminaba ríos y lagunas, llevaba y traía mensajes entre los palenques. Su mismo "po, poó, pooó" era a veces una contraseña que de acuerdo con su entonación transmitía una orden o una advertencia.

No la habían derrotado, no podrían derrotarla nunca.

Pero toda su sangre fría desapareció la tarde en que mientras pedía limosnas por El Prado y repartía navajas sevillanas a los caleseros sediciosos vio a la Condesa de Merlin riéndose no solamente de ellos, sino de todo el mundo; y todo aquello con un gesto de benevolencia y hasta de nobleza. Se trataba de una hipocresía tan refinada o exótica que Dolores Santa Cruz, no acostumbrada a la misma, careció de fuerzas para sobrellevarla.

Fue entonces cuando se dirigió a la Condesa no solamente con la intención de robarle la peineta de diamante (que serviría para comprar toda una remesa de fusiles ingleses), sino también con la intención de arrancarle el cabello. Y así lo hizo. Porque lo cierto es que la Condesa no era calva, sino que ella, Dolores Santa Cruz, la había dejado calva al tirar con una furia, acumulada durante 56 años, de los largos cabellos de la dama. Y fue entonces, con aquella caballera recién cercenada en la mano de la cual lo único que lamentaba era que no colgase también la cabeza, cuando sintió, por primera vez en su vida, una especie de liberación absoluta. No solamente había humillado a la Condesa, sino a toda aquella gente que la quería imitar. Verdad que la dama fue más atrevida de lo que ella pensó y la persiguió hasta el mismo fondo del mar.

Pero la negra, nadando por debajo del agua había atravesado las cuevas submarinas del Castillo del Morro, llegando al barrio de Regla, donde, entre conspiradores y piratas (y la cabellera puesta sobre sus pasas), tasaba ya la hermosísima peineta calada y elucubraba nuevas venganzas.

doña Amalia—bisabuela

CAPITULO XIX
La cita

—¡Dios mío! —exclamó Cecilia Valdés mirando hacia el viejo reloj empotrado en la pared del cuarto— ¡Ya casi son las cinco de la mañana y aún no he terminado de pintarte! De un momento a otro llegará Leonardo.

A quien dirigía Cecilia estas palabras no era, aunque así lo parezca, al viejo reloj de pared, sino a su bisabuela, doña Amalia, a quien la joven, con una brocha empapada de pintura blanca, le cambiaba el negro color de su piel por el del marfil. Y sin más siguió pintando a la abuela mientras le hablaba.

—¡Blanca! ¡Sí, blanquísima!... Así es como tiene que verte él. Leonardo no sabrá munca que eres una negra retinta. Si lo llega a saber no se casará conmigo. ¡Blanca! ¡Blanca! ¡Ni mulata siquiera!...

La centenaria negra recibía de muy mala gana aquella mano de pintura, pero postrada como estaba muy poco podía hacer en señal de protesta. No obstante desplegó con gran dificultad sus labios cubiertos por la capa de barniz y dijo en voz muy baja aunque hubiese querido gritar:

—Cecilia, hija, siempre he sio negra y me gusta serlo. Déjame al menos morirme con eta coló.

—¡Cómo! —se ensoberbeció la bisnieta—. ¡Esto es el colmo! ¿Así que te convierto en un ser humano y aún protestas? ¿No sabes el trabajo que me dio conseguir este barril de pintura con el catalán de la calle Empedrado? Dos onzas de oro me cobró. ¡Oístes! ¡Dos onzas de oro!

—Quiero sé negra. Déjame esa coló.

Volvió a protestar por lo bajo la negra, o mejor

dicho la blanca, pues ya de negro sólo le quedaba uno de sus marchitos senos que cambiaría de color de un momento a otro.

—¡Así que quieres ser negra, eh? ¿Pero no te das cuenta que en este mundo un negro vale menos que un perro? Aún cuando trabajes y te liberes y tengas hasta dinero, cosa muy difícil. Ahí está dolores Santa Cruz, no pudieron perdornarle que quisiera dormir en cama cómoda como los blancos, ni que tuviera quitrín. Ellos mismos la enredaron en sus leyes blancas hasta quitárselo todo. Si hubiera sido blanca nada de eso le hubiese pasado... Por eso mis hijos serán blancos. ¡Blancos! ¡Nada de salto atrás! Ellos no sufrirán lo que sufriste tú ni lo que sufre mi abuela.

En ese momento se abrió la puerta de la calle que Cecilia había dejado entrecerrada y entró Leonardo Gamboa.

—¡Leonardo! —exclamó Cecilia soltando la brocha y corriendo hasta el joven.

—¿Qué dice la mulata más bella del mundo!...

—Tú no me quieres, Leonardo, si me dices eso es porque no me quieres.

—Cómo puede hablar así mi Cecilia. Si estoy aquí a riesgos de mi vida. Sabrás que mi padre y todos sus malditos negros me persiguen de cerca.

—Ese perro sabe mu bié lo que hace —murmuró entonces la bisabuela casi desfalleciendo.

—¡Qué es eso! —exclamó sorprendido Leonardo al ver aquella anciana recién pintada de blanco que yacía en el piso sobre un tablón.

—¡Oh! Es Mimí. Mi bisabuela. Está enferma por eso se ve tan pálida... Mamita, este es el señor Gamboa, mi prometido.

—¿Tu prometió? ¡Tu prometió! ¡Tu querindango querrá decí, puta! ¿Quién a vito negra con prometió blanco?

—Está delirando —explicó desesperada Cecilia—. Es la fiebre. Acaba de llegar de España.

—Si, está muy pálida —respondió Leonardo Gamboa acercándose por curiosidad hasta el cuerpo reluciente, y descubriendo el seno negro que Cecilia no había podido pintar aún.

Leonardo Gamboa sonrió asqueado, pero para no

contrariar a la joven, con quien sólo quería pasar el rato, no hizo ningún comentario.

—Leonardo —dijo Cecilia abrazándolo—, prométeme que nunca me abandonarás.

—¡Te lo juro! —respondió en el acto y con firmeza el joven que esa misma mañana partiría con Isabel Ilincheta a pasar las navidades en el campo.

—Leonardo, Leonardo mío, prométeme que te vas a casar conmigo, que serás mi esposo.

—¡Te lo juro!— afirmó categóricamente Leonardo Gamboa quien dentro de dos semanas pensaba contraer matrimonio con Isabel Ilincheta.

—¡Oh, mi amor! ¡Nadie nos podrá separar!

Diciendo esto, Cecilia cerró la puerta de la calle de un tirón y volvió a donde estaba su amante.

Pronto los dos rodaron abrazados por el suelo.

Mientras así yacían, iluminados sólo por la vela de la virgen traspasada por la espada de fuego, Cecilia, como al descuido, tomó la brocha y terminó de pintar el seno marchito de su bisabuela.

No se sabe si fue por este hecho o por un mal golpe propinado inconscientemente por los amantes mientras se refocilaban, pero el caso es que esa misma mañana Amalia Alarcón, negra de nación nacida en Guinea, moría en Cuba cien años después completamente blanca.

CAPITULO XX
El Capitán General

Verdaderamente preocupado se encaminó don Cándido de Gamboa, acompañado por dos hacendados, los negreros Madrazo y Meriño, hacia la Capitanía General con el fin de hablar personalmente con la autoridad máxima de Cuba, el Capitán General, don Francisco Dionisio Vives. Pero al llegar al palacio le informaron que el Capitán se encontraba en el patio del Castillo de la Fuerza, disfrutando de una pelea de gallos.

Tan aficionado era el Capitán General a las peleas de gallos que las había convertido en el juego nacional, transformando incluso el Castillo de la Fuerza en una monumental valla. Hasta allí pues se encaminaron los tres hombres y luego de identificarse ante las variadas escoltas y guardias penetraron en el patio central de la fortaleza.

Rodeado del Capitán de la Marina del Puerto, del Obispo de La Habana, el ya conocido señor Echerre, de dos cónsules, de varias damas de la nobleza española y de numerosos cortesanos, el Capitán General contemplaba ensimismado, casi en el mismo centro de la valla, la lucha entre dos poderosos gallos que se batían con verdadero furor.

Aún por encima de los cantos y cacareos de más de un centenar de aves de pelea que allí se encontraban (esperando su turno en el combate) se podían escuchar las palabras entusiastas y a veces impublicables del Capitán General cada vez que su gallo preferido, un malayo fino, espoleaba a su adversario, un pesado gallo inglés.

El individuo a cuyo cuidado corría la atención y adiestramiento de los gallos era, además de un maestro en este deporte o juego, uno de los más terribles asesinos del país. Su nombre oficial era el de Embajador Flórez, pero su apodo popular era el de "Charco de Sangre"... Además de numerosos crímenes y torturas cometidos contra la gente humilde bajo las órdenes del Capitán General, pesaba sobre él un asesinato alevoso y siniestro contra uno de los grandes personajes de la ciudad. Por lo que los familiares del muerto, todos nobles y algunos sacerdotes, habían jurado eterna venganza contra el matador.

Pero una hermana de Flórez, muy hermosa, se había entrevistado privadamente con el Capitán General. Esta entrevista que se prolongó durante tres días y tres noches, la fidelidad de Flórez al Capitán y sobre todo su conocimiento en materia de gallos de pelea, hicieron que el asesino pasara a ser el protegido número uno del Capitán General quien para salvaguardarlo y a la vez no privarse de sus servicios como gallero le hizo construir en el patio del Castillo de la Fuerza aquella valla gigantesca. De este modo, Flórez se encontraba allí a buen resguardo y bien alimentado. Protegido por una doble fuerza, el Castillo y el mismísimo Capitán general.

No impedían sin embargo estas precauciones que los familiares del muerto se congregaran todas las mañanas al otro lado de los fosos del Castillo y metódicamente dispararan contra la fortaleza una lluvia de piedras, como advertencia de que el perdón no había sido aún concedido y que la sed de justicia se mantenía en pie. Esto motivaba que casi todas las personas presentes en el patio de la Fortaleza estuviesen ya preparadas para afrontar dichos inconvenientes; el obispo llevaba, en vez de su típico sombrero, un casco de hierro; los militares, enormes escudos de metal; las damas, sombrillas que eran verdaderas cotas de malla. El mismo Tondá, el elegante negro favorito del Capitán General, portaba, además de su reluciente y vistoso sable, una suerte de gran plancha metálica presta siempre a cubrir la cabeza de su protector.

Se oyeron los gritos de júbilo del Capitan General. El gallo malayo había dado muerte de una estocada al inglés. De entre toda la concurrencia estallaron los aplausos. Y al instante, y en menos de lo que canta un gallo, como si los atacantes estuviesen esperando esta ocasión, empezaron a llover las pedradas.

81

Las elegantes cortesanas, sin dejar de sonreir, abrieron sus cotas de maya; los militares se cubrieron con sus escudos; Tondá amparó al momento con su gigantesca planchuela al Capitán General; los cónsules armaron una suerte de techo portátil y el obispo, siempre con el afán de llamar aún más la atención se colocó sobre el casco de hierro una gran mitra de cromo con infulas de oro. Sólo Gamboa y sus dos amigos corrían despavoridos de uno a otro muro del castillo, recibiendo, ya en los hombros, ya en las orejas, ya en el centro de la cabeza aquellas implacables pedradas.

Este hecho despertó la curiosidad, y hasta la hilaridad, del Capitán General quien, interrumpiendo su apacible conversación con una de las grandes damas, le hizo una señal a Tondá para que trajese ante su presencia a aquellos tres señores.

Rápidamente, protegiéndose como mejor podía de aquellos golpes que parecían venir del cielo, Gamboa explicó ante Su Escelencia el hecho de su visita. Los ingleses habían capturado al bergatín **La Veloz** repleto de negros que no venían de Africa, señor, sino que eran ya nuestros, ladinos y cristianos, y los traíamos de Puerto Rico. Por lo que ante usted pido clemencia y justicia... Y por entre la lluvia de piedras le mostró discretamente a la máxima autoridad de la Isla una bolsa con más de quinientas piezas de oro.

El Capitán General, sin perder la compostura y tomando con indiferencia la bolsa, dijo:

—Reconozco, señores, la injusticia y los daños que nos causa ese tratado por el cual se le concede a la Inglaterra el derecho de **vista** sobre nuestros buques mercantes. Pero los sabios ministros de Su Majestad tuvieron a bien aprobarlo, y nosotros, leales súbditos, debemos acatarlo... En vano me hago de la vista gorda: ustedes siguen trayendo bultos negros, como ustedes mismo dicen, por los lugares menos adecuados, y no se acuerdan del pobre Capitán General contra quien el cónsul inglés endereza sus tiros. Porque no bien entra aquí un saco de carbón, como ustedes dicen, y ya está también aquí el señor cónsul desahogando conmigo su mal humor... Respecto al barco lleno de negros que ustedes traen de Africa **y no de Puerto Rico** — aquí el Capitán General no pudo dejar de sonreir si bien la llu-

82

via de piedras que retumbaba sobre su planchuela metálica arreciaba—, que ya vino a verme el dichoso cónsul inglés con el comandante del barco apresador, el Lord Clarence Paget, desde luego daré sobre ustedes mi mejor opinión ante la Comisión Mixta que se encargará del asunto... Pero eso, señores, no resolverá el problema. Este asunto sólo tendrá solución si ustedes se muestran amabilísimos ante el señor cónsul y el Lord; tan amables que logren convencerlos para que asistan al baile que dará la Sociedad Filarmónica para fin de año... ¡Ea, señores! —alzó la voz el Capitán General por encima de las piedras que retumbaban, y volvió a sonreír ahora con un gesto de complicidad—: Si logramos que el cónsul y el Lord asistan a ese baile nos habremos liberados de esos dos personajes de una manera verdaderamente original y a través de una justicia que pudiéramos llamar **absolutamente real**. Así, pues, invitad a esos distinguidos señores al baile de La Filarmónica, ah, y no olviden que ellos **no deben llevar antifaz**... Hasta entonces diplomacia y paciencia, amigos míos. Y no comprometan más la honra de su Capitán General. Y recuerden, la prudencia es la primera de las virtudes del mundo.

CAPITULO XXI
La amistad

En cuanto Leonardo Gamboa salió de casa de Cecilia, irrumpió allí Nemesia Pimienta.

—¡Cecilia! —dijo excitadísima— ¡Corre! ¡Tienes que acompañarme a casa de los Gamboa!

—¿Qué pasa? —interrogaba Cecilia vistiéndose apresuradamente.

—Quiero que te desengañes de la amistad de los hombres —respondió la despechada Nemesia quien aún seguía enamorada de Leonardo y quería separarlo de Cecilia.

Inmediatamente ambas mujeres dejaron a toda prisa el callejón de San Juan de Dios.

Frente a la residencia de los Gamboa había estacionada una enorme volanta. Cecilia pudo ver cómo Leonardo ayudaba a Isabel Ilincheta a subir al carruaje a la vez que le besaba una mano. A la velocidad de un relámpago lo comprendió todo: la familia Gamboa, como era de costumbre, se marchaba al campo para pasar allá las navidades y Leonardo se iba con ella, y, sobre todo, con Isabel.

No pudo contenerse la mulata y acercándose a la volanta en el momento en que Leonardo ponía un pie en el pescante le propinó tal golpe al joven que éste cayó sobre una de las ruedas del vehículo. Isabel, sorprendida, se asomó a la ventanilla.

—¡Adela! ¿Qué haces? —gritó, confundiendo a Cecilia con la más pequeña de los Gamboa ya que ambas hermanas eran extremadamente parecidas.

Pero rápidamente salió de esta confusión, pues Cecilia, al grito de *¡puta!* le propinó tal bofetada que la

84

dama pinareña desapareció dentro del carruaje.

En vano las señoras y los caballeros vecinos de los Gamboa, desde sus respectivos ventanales, esperaron ver alzarse las cortinillas de la calesa y asomar el pañuelito blanco para decir "el último adiós". Hasta los perritos de raza, amaestrados para tal ocasión, se quedaron con las patitas delanteras en alto. Isabel Ilincheta montándose ahora a horcajadas sobre el caballo, salió en estampida detrás de Cecilia y Nemesia con el fin de darles muerte entre las ruedas del carro dentro del cual el resto de los viajeros temían también por su vida.

Las dos mulatas corrían despavoridas mientras que todas las puertas de la ciudad donde hubieran podido albergarse se cerraban de golpe en sus narices.

—¡Un fuego! —decían algunos desde los balcones.

—¡Un motín de negros cimarrones! —vaticinaban otros.

—¡Una nueva invasión de corsarios ingleses! —aseguraba la mayoría.

En tanto que derrumbando tableros repletos de tortillas, burenes que estallaban encendidos, mesas donde numerosos personajes jugaban a los dados y a la baraja, carretones cargados con golosinas pascuales de importación, Cecilia Valdés y Nemesia Pimienta seguían corriendo por toda la ciudad. Perseguidas y perseguidora atravesaron el matadero de cerdos que quedó reducido a escombro para alegría de las piaras condenadas (que con gruñidos de júbilo realmente operáticos inundaron palacios y comercios), disolvieron una procesión religiosa, una subasta de esclavos, todo el mercado de la Plaza Vieja y finalmente un cortejo que llevaba en andas a una mujer —adúltera y asesina— para ser ejecutada en la horca y que también partió a escape junto con las otras dos mujeres mientras toda la guarnición, las monjas y el verdugo las perseguían.

—¡A las asesinas! ¡A las asesinas! —gritaban ahora negros y mulatos, nobles y artesanos, españoles y criollos, niños y rufianes, viendo correr a aquellas tres mujeres a quienes todo un variadísimo ejército capitaneado por Isabel Ilincheta le pisaba los talones.

Pero la dama en cuya huida le iba la vida (aún más que a Nemesia y a Cecilia) rompió con los puños la puerta de la Iglesia del Espíritu Santo y entró en ella pidiendo asilo y clemencia ante el padre Gaztelu... Las tres mujeres hallaron finalmente protección en aquel recinto que por Ley no podía ser violado por las autoridades.

Numerosos conspiradores políticos, cimarrones y hasta delincuentes comunes allí refugiados al ver a las tres fugitivas, todas hermosísimas, aplaudieron entusiasmados haciéndoles lugar.

En tanto que afuera la turba bramaba y amenazaba con derribar la iglesia, Isabel Ilincheta consultó el gran reloj que siempre llevaba al cuello, y, viendo que ya era casi hora de estar en el cafetal para el recuento de los esclavos, espoleó el caballo y con la volanta repleta por los alarmadísimos señores y damas de la casa Gamboa y por su admirado padre, atravesó con un bólido la Puerta de la Tenaza y se perdió, entre una nube de polvo, rumbo al cafetal *El Lucero*.

CAPITULO XXII
Del Amor

Un amor, un gran amor... Así tenía que ser —y así era— el amor de Cecilia por Leonardo. No una pasión momentánea, no un capricho, sino una fusión absoluta. Un desafío y una burla. Un triunfo sobre toda su vida anterior, sobre su oscuro, sin duda siniestro, pasado y sobre su inútil presente y sobre el espantoso futuro que de acuerdo con las leyes y las normas sociales ya le estaba previsto.

Porque un amor, un gran amor, debía ser sobre todo una victoria, un reflejo superior, algo que colmara lo mejor de sus esperanzas. Un gran amor tenía que ser —se decía, intuía, pensaba— una huida hacia lo que secretamente sabemos que existe y nos aguarda para completarnos, para ser finalmente nosotros mismos. Y que de no existir ninguna vida podría sobrellevarse... Un gran amor debía ser pues una fuga. No podía concebir que una pasión tan sublime pudiese tener cabida y desarrollo en el limitado marco del mundo de miseria donde siempre había vivido. Ah, un gran amor era, tenía que ser para ella, una leyenda materializada: príncipe encantado, dios terrenal conmovido y hechizado, hombre superior, hermoso y fuerte, decidido a tomarla y con un gesto viril (que era un goce supremo) transportarla lejos. Lejos de aquel callejón maloliente, lejos de los recintos estrechos, húmedos y oscuros rodeados de grotescas figuras que atisban; lejos de aquel mundo de asfixia controlado por viejas que transformaron un pequeño goce —el único que tuvieron— en perenne motivo de arrepentimiento... No, ella no sería como su abuela o su bisabuela, mujeres burladas y recluidas en un resentimiento piadoso pero implacable.

87

Más allá del Callejón de San Juan de Dios con su constante chachareo y pregón de las negras, con sus fachadas polvorientas o enfangadas, estaba La Loma Del Angel con su lujosa iglesia dominando todo el panorama, y a sus pies los salones y palacios, teatros, paseos, carruajes y comercios; es decir, el mundo, el verdadero mundo al que ella, ellos, po podían tener acceso. Entrar en él como una gran señora, por la gran puerta y bajo el triunfal repicar de las campanas, esa era también su meta... Ella sería la mujer escoltada por rendido amante que, rodeada de rencor y joyas, le restregaría a ese mundo la victoria de su belleza y de su amor por encima de las mil leyes y variados prejuicios y siniestras tradiciones y poderosos intereses que se oponían a aquella unión.

Desde niña Cecilia Valdés solía subirse a la empinada escalinata de La Loma del Angel y agazapada entre las columnas de la iglesia contemplaba las regias bodas que la gran sociedad habanera celebraba en aquel lugar, sin duda por ser el más lujoso y elevado. Ninguna mujer u hombre de color habían podido casarse en aquel sitio. Allí esa ceremonia estaba reservada sólo a los blancos y de entre ellos a los más poderosos. Pero Cecilia, por ser la novia de Leonardo Gamboa, exigiría que sus bodas tuvieran lugar en esa iglesia. El sitio más prestigioso, más sagrado y más encumbrado de la ciudad sería el campo de batalla donde ella lanzaría su desafío.

Espléndidamente ataviada de blanco marcharía hacia el altar y todos tendrían que inclinarse a su paso para saludarla reverente en tanto que ella, del brazo de Leonardo, les otorgaría una sonrisa irónica y seguiría hacia adelante, sabiendo que con cada paso que daba siglos de escarnio y de injusticia eran burlados... Sí, porque un gran amor era para ella una gran venganza y una liberación absoluta... Pero también era un encuentro secreto, dulce e inexplicable, con lo mejor de sí misma.

CUARTA PARTE

(EN EL CAMPO)

CAPITULO XXIII
En el cafetal

Sana y salva llegó la comitiva a la propiedad de los Ilinchetas cuyas cercas estaban completamente cubiertas de campanillas blancas, diminutas y perfumadas flores tropicales que sólo aparecen durante la navidad. Miles de abejas poblaban de oro y música aquella blancura.

El primero en bajarse de la volanta fue Leonardo quien quiso ayudar a Isabel ya que —por orden expresa de don Cándido— debía cortejarla.

Pero Isabel no dio tiempo para tal galantería. Saltando rápidamente del caballo, corrió hasta el centro del batey, hizo repicar fuertemente la gran campana que allí se encontraba y congregó al momento a todos los esclavos, contándolos uno por uno.

El mayoral, un hombre de aspecto temible llamado Blás, recibía e impartía las órdenes de Isabel.

—¡A trabajar! —dijo la joven.

Y el mayoral, látigo en mano, puso a todos los esclavos en movimiento.

—Isabel —le dijo a sus oídos Leonardo con voz melosa—, eres verdaderamente la mujer de mis sueños...

—¡Blas! —dijo impasible y autoritaria Isabel—, ¿ya bañaste el caballo?

Al momento corrió hasta donde estaba la bestia recién bañada por el mayoral y levantándole una de las patas pudo comprobar que se habían gastado demasiado las herraduras.

El mayoral, temeroso, se inclinaba detrás de la señorita, en tanto que Leonardo persistía en sus galanteos.

—Isabel, Isabel, nunca imaginé una mujer tan perfecta...

—¡Blás! —llamó otra vez Isabel al mayoral que por otra parte era su sombra—, recuérdale a los esclavos que el tambor sólo se podrá tocar el día de Pascuas y después de las seis de la tarde.

—Sí, mi niña— respondió temeroso el temible mayoral.

Leonardo fue a tomar a la joven del brazo, pero en ese momento ella corrió hasta el brocal del pozo donde varios esclavos sacaban agua tirando de un barril con una cuerda.

—¡Blás! ¿tiene mucha agua el pozo?

—¡Mucha, muchísima! Señorita —afirmó optimista el mayoral.

—Veamos —dijo Isabel.

Y tomando ella misma la soga con la que los esclavos trabajaban, midió el nivel de las aguas y la profundida total del pozo, haciendo luego un gesto de disgusto. Evidentemente el pozo no tenía la cantidad de agua que ella esperaba.

—¡Blás! —gritó impertérrita— De hoy en adelante das menos agua a los negros y a las bestias... Por cierto, que sólo veo allá abajo a dos jicoteas de las tres que tiré allí la pasada semana para que purifiquen el pozo.

—Debe estar nadando en el fondo —dijo Blás temblando.

—Es posible —meditó brevemente Isabel—. Pero de todos modos mejor es comprobarlo. Tráeme la escalera.

De inmediato, el mayoral y varios esclavos se movilizaron y trajeron una larga escalera de cañamazo por la cual, sujetándose a las plantas parasitarias del brocal, comenzó Isabel su descenso profundo.

Los esclavos y el mayoral, todos temerosos, se asomaban al pozo, no procupados por la vida de Isabel sino por las suyas: de faltar la jicotea la perderían.

Llegó la joven al nivel de las aguas, se zambuyó y comprobando que el animal descansaba en el fondo salió rápidamente a la superficie prosiguiendo su escrutinio.

Con velocidad y disciplina realmente admirables y siempre seguida por Blás y Leonardo contó una por una las matas de café y todos sus granos; también, los granos arrancados que se oreaban en los secaderos, haciendo luego el cómputo general; así mismo contó también los jazmines del Cabo, que se abrían nacarados y olorosos, y cada planta del jardín y los frutos de esas plantas. Luego, con una cesta, recogió los huevos que habían puesto las gallinas durante su ausencia; inventarió cerdos, aves, carneros y demás animales domésticos, y metiéndose entre las colmenas contó uno por uno los panales de miel así como las abejas útiles destripando con los dedos a las inútiles. Finalmente, al mediodía, la cesta llena de huevos, se tiró bocariba sobre el mullido césped para tomar su breve y programado descanso. Esa fue la oportunidad que aprovechó Leonardo para hacer su confesión amorosa.

De lejos se escuchaban los gritos o cantos de los esclavos. Por el cielo cruzaban numerosas gallinas de Guinea.

—Isabel —dijo el joven Gamboa—, desde hace mucho tiempo quería confesarte que te amo. Quisiera que fueras mi esposa. Realmente reúnes todas las virtudes...

—¡Me falta una! —gritó entonces Isabel verdaderamente desesperada.

—¿Cuál? —dijo Leonardo intrigado, y sorprendido por la franqueza de la muchacha.

—¡La pinta! ¡La guinea pinta! —exclamó Isabel poniéndose inmediatamente de pie— ¡Las he contado a todas mientras pasaban volando por sobre nosotros! Tiene que haber mil seiscientas seis gallinas de Guinea y sólo he contado mil seiscientas cinco! ¡Sí, la pinta es la que falta! Algún negro debe habérsela comido! ¡Pero que se preparen! ¡Que se preparen! ¡Blás! ¡Blás!...

En menos de un minuto numerosas cuadrillas de negros y jaurías de perros amaestrados partieron hacia todas las direcciones del extenso cafetal con el fin de capturar —vivo o muerto— al ladrón de la gallina de Guinea pinta, la mejor ponedora, según decía Isabel, de cuantas gallinas de Guinea había en la finca.

Tan gran alboroto causó la búsqueda del ave y de su ladrón que Leonardo Gamboa desistió por ese día de hacerle su declaración formal a Isabel.

—Déjalo para cuando estén en el ingenio —le dijo don Cándido en el corredor—. Allí no habrá estos inconvenientes— Y contemplando las cuadrillas de perros y negros que capitaneados por Isabel y armados hasta los dientes revolvían todos los arbustos, exclamó:
—¡Realmente es una mujer extraordinaria!

CAPITULO XXIV
La máquina de vapor

Súbito y enfurecido —cual una bala de cañón— caía el sol detrás de un inmenso palmar cuando invadieron la casa de las calderas los dueños del ingenio *La Tinaja* en compañía de sus familiares, amigos y empleados.

Guiaba la procesión el cura de El Mariel, revestido con sotana de lujo y bonete de ceremonia. Detrás venían doña Rosa, sus tres hijas e Isabel Ilincheta, todas de traje largo, sobre falda y mantilla, y portando cada una un largo cirio encendido. Más allá, solemnes y de negro frac, los señores don Cándido de Gamboa, Leonardo, el técnico norteamericano, el médico del ingenio, el mayoral y el mozo (o maestro) del azúcar. Cada uno con su sombrero bajo el brazo.

La ceremonia que iba a tener lugar era para ellos de suma importancia. Por primera vez en aquel central —y en toda la Isla de Cuba— se iba a utilizar una máquina de vapor. Lo cual significaba que el antiguo trapiche tirado por caballos o mulas, y hasta por los mismos esclavos, sería superado, dando paso a un sistema de producción mucho más eficaz y rentable.

La enorme máquina, de construcción inglesa, pero traída de los Estados Unidos, se alzaba al descubierto en el mismo centro del batey, junto a la casa de las calderas donde numerosos esclavos, descalzos y semidesnudos en medio de un calor asfixiante, trajinaban incesantemente estimulados por el látigo del contramayoral.

Rápidamente, a un lado del imponente artefacto, la servidumbre dispuso confortables butacas de campeche y sillones de mimbre donde los señores y las damas, luego de haber colocados las velas encendidas alrededor de la maquinaria, se sentaron para observar la ceremonia.

Circularon entre los caballeros las copas de vino y los puros o habanos generosamente dispensados por don Cándido, mientras que las damas bebían guarapo caliente rociado con aguardientes de Canarias, el cual era ceremoniosamente servido por el mozo del azúcar, hermoso criollo que evidentemente galanteaba a Adela, lo que irritaba sobremanera a su hermano, Leonardo, quien no concebía que Adela pudiera amar a hombre alguno fuera de él mismo.

En tanto, los esclavos, entre incesantes latigazos, echaban leña a toda velocidad en las fornallas a fin de aumentar la presión de las calderas para que comenzase a funcionar el trapiche mecánico.

Cuando el técnico norteamericano calculó que la máquina ya tenía suficiente presión, el cura se puso de pie, avanzó hasta el enorme artefacto, murmuró una breve oración en latín y roció los cilindros con agua bendita, sirviéndose para ellos de un hisopo de plata. Inmediatamente dos caballeros condujeron hasta el trapiche mecánico un haz de cañas atados con cintas (de seda) blancas, azules y rojas que sujetaban por los extremos las cuatro señoritas.

Se depositaron las cañas de azúcar. El señor cura se persignó y los demás lo imitaron. Iba a comenzar la primera molienda a vapor en el célebre ingenio **La Tinaja**. Todos, aun los mismos esclavos, se mantenían a la expectativa. Pero lo cierto fue que el trapiche no se movió.

El técnico norteamericano rectificó la presión en los relojes de la caldera. Se les ordenó a los esclavos que metieran más leña en los hornos. Los relojes marcaron aún más presión. Pero el trapiche seguía paralizado. Una nueva remesa de latigazos hizo que los negros alimentaran vertiginosamente aquellas bocas de fuego. La presión de la máquina subió al máximo. De un momento a otro sus poleas se pondrían en marcha y harían funcionar al trapiche.

Pero nada de eso ocurrió.

Don Cándido parecía desesperado, doña Rosa se agitaba en su amplio sillón, el cura comenzó una oración mientras miraba el limpio cielo del oscurecer tropical.

—Quizás alguna polea, o varilla o algo en el mecanismo se ha trabado— tradujo el mozo del azúcar las palabras del técnico norteamericano.

—¡Pues que se destrabe! —rugió don Cándido.

El técnico, el mayoral, el mozo del azúcar y hasta el médico del ingenio (que ya hasta había sacado su estetoscopio) se acercaron al vientre de la máquina con el fin de localizar el fallo. Pero el inmenso aparato estaba al rojo vivo, por lo que retrocedieron de inmediato.

—¡Traigan a los negros menos estúpidos! —ordenó el mayoral al contramayoral— ¡Que se suba allá arriba a ver si hay alguna correa desenganchada!

De inmediato varios negros, todos relativamente jóvenes y fornidos, tuvieron que encaramarse a golpes de latigazos y amenazas de muerte sobre la maquinaria y mientras se achicharraban pies y manos trajinaban como podían sobre aquella superficie de fuego. Finalmente uno de ellos, pensando, seguramente, que allí estaba el fallo, abrió la enorme válvula de seguridad del tubo de escape. Se produjo entonces un insólito estampido y de inmediato, impelido por la violencia del vapor condensado, el negro, dejando una estela de humo, voló por los aires, elevándose a tal altura que se perdió de vista mucho más allá del horizonte. Se oyó otro cañonazo y un segundo negro atravesó también el cielo. Un tercer estampido y otro negro se confundía ya con lo azul.

Por lo que don Cándido, verdaderamente aterrado, se puso de pie y gesticulando gritó:

—¡Paren ese aparato o se me van todos los esclavos! ¡Yo sabía que con los ingleses no se puede hacer ningún negocio! ¡Eso no es ninguna máquina de vapor, es una treta de ellos para devolver los negros a Africa!

Oír los negros del central aquella revelación y correr hacia la máquina de vapor fue una misma cosa. En menos de un minuto cientos de ellos se treparon descalzos al gigantesco y candente lomo metálico y al grito de "¡A la Guinea!" se introducían por el tubo de escape, cruzando de inmediato, a veces por docenas, el horizonte.

Con velocidad realmente inaudita casi todos los esclavos de la dotación se prepararon para un viaje que ellos suponían prolongado. Así, entre los innumerables negros que iban metiéndose en la máquina se veían muchos provistos de repentinos equipajes donde llevaban toda su fortuna: una güira gigantesca, un racimo de cocos, una jutía viva que gritaba enfurecida, rústicos cajones llenos de piedras semitalladas o de ídolos de madera, y, sobre todo, numerosos tambores de variados tamaños.

Vestidos con lo mejor que tenían —trapos rojos o azules— se introducían en el tubo de escape y una vez en el aire, sin duda enardecidos por la euforia y el goce de pensar que al fin volaban a su país, ejecutaban cantos y bailes típicos con tal colorido y movimiento que constituyó un espectáculo verdaderamente celestial, tanto en el sentido figurado como real de la expresión... Naturalmente, el hecho de andar por los aires los dotaba de una ingravidez y de una gracia superiores, permitiéndoles realizar movimientos, giros y piruetas, enlaces y desenlaces, mucho más sincopados y audaces que los que podían haber hecho en la tierra. También las canciones y el *tam tam* de sus instrumentos alcanzaban allá arriba sonoridades más diáfanas que estremecían con su frenético retumbar hasta las mismas nubes.

Espléndidos cantos y danzas yorubas y bantúes (congos y lucumíes) en agradecimiento a Changó, Ochún, Yemayá, Obatalá y demás divinidades africanas fueron ejecutados, entre otros muchos, en todo el cielo de *La Tinaja* por los esclavos a la vez que se dispersaban por el invariable añil... Al mismo tiempo, una luna abultada y plena (al parecer cómplice de los fugitivos) hizo su aparición. Flor de la noche abierta, iluminada y gigantesca, reflejó en su pantalla los pequeños puntos negros y convulsos que en la altura ya desaparecían a toda velocidad, como si una intuición desesperada les hiciese buscar en otro mundo lo que en éste nunca habían encontrado.

Sin embargo, a pesar de este espectáculo fascinante y sin precedentes en toda la historia de la danza (detalle que ya fue certificado por Lydia Cabrera en su libro *Dale manguengue, dale gongoní*), el pánico que reinaba allá abajo entre la familia Gamboa y sus allegados era total: los negros seguían entrando en el aparato y volando por los aires.

Don Cándido, el cura y demás señores trataban de contener como podían aquella estampida, pero la enfurecida máquina seguía expulsando negros. Por último, al parecer congestionada por la cantidad de cuerpos que se metían al mismo tiempo en su vientre y por la presión del fuego y del vapor, se salió de su base y comenzó a girar desenfrenada por el batey, disparando esclavos hacia todos los puntos cardinales.

Las señoritas y hasta los señores corrían despavoridos perseguidos a veces por la misma máquina que vomitando fuego y negros giraba frenéticamente entre una enorme humareda y un estruendo cada vez más estentóreo.

—¡Traición! —exclamaba don Cándido —¡Llamen al ejército! ¡Que traigan todas las armas!

A media noche, cuando llegaron las tropas y a balazos lograron reducir a escombros la infernal máquina de vapor, miles de negros habían cruzado por los aires el extenso batey, estrellándose sobre montañas, cerros, palmares y hasta sobre la lejana costa.

Pero el resto de la dotación, sin autorización de don Cándido, tocó esa noche el tambor en homenaje a aquéllos valientes que se habían ido volando para el Africa.

CAPITULO XXV
El romance del palmar

Cogidos de las manos, Isabel y Leonardo se pasean por el inmenso palmar cercano a la residencia de los Gamboa. El vestido blanco de Isabel, con lazos sueltos y mangas caladas, barre con su larga cola todo el sendero. Tarea ésta que se propuso Isabel al ver aquellos caminos llenos de basura. Así mientras paseo realizo a la vez una labor útil —pensó la joven—. Después de todo, luego de la boda con Leonardo, estas tierras también serán mías.

Y mientras así pensaba, también para ahorrar tiempo, comentaba sobre el desastre de la máquina de vapor ocurrido el día antes. "Realmente todo pasó en un *santiamén*", dijo, haciendo hincapié en la palabra *santiamén* para dar pruebas ante Leonardo de su religiosidad y también por su carácter ahorrativo: Esta noche —se dijo— cuando deba pronunciar mis oraciones ya tengo acumulada la palabra *amén* por haberla dicho ahora.

Pero poco le importaba a Leonardo la pérdida de unos dos mil quinientos negros (cifra exacta de los desaparecidos, según Isabel) si la finca estaba llena de ellos, y si, como bien afirmaba su padre, se podían buscar más a Africa cada vez que los necesitasen. Su verdadera inquietud estribaba en que aún no le había hecho la declaración formal a Isabel y cada día don Cándido lo apremiaba y estimulaba más para que la hiciese, pues inmediátamente que Leonardo se casase con la rica dama, don Cándido le traspasaría el título de Conde de la Casa Gamboa (solicitado y pagado ya desde hacía muchos años). Al pensar en ese codiciado título,el joven apretó la mano de la señorita y le propuso discretamente internarse en la espesura del palmar. Lo que Isabel, siempre pensando en barrer aquella zona, aceptó de buena gana.

Habían avanzado algún trecho cuando un hedor insoportable los detuvo. De inmediato se produjo un revoloteo de auras tiñosas, búhos y cernícalos y de otros animales y aves de rapiña que dejaron al descubierto el cuerpo ya putrefacto de un negro.

Aguantando la respiración, Isabel examinó el cadáver al cual ya le faltaban los ojos y las tripas.

—Aquí tienes —le explicó a Leonardo— un suicidio por asfixia mecánica.

—¿Cómo? —dijo intrigado Leonardo.

—Sí —respondió Isabel—, ese hombre se ha dado muerte con su propia lengua.

Esto provocó un gesto de mayor desconcierto en el joven.

—Cuando el negro está desesperado o no quiere trabajar —prosiguió la joven con tono doctoral—, es decir, cuando no quiere seguir viviendo, no teniendo ningún arma mortífera a mano (ya sabes que no se lo permitimos), se tira de la lengua con violencia y luego doblándosela se la introduce en la garganta a manera de tapón, produciéndose así, gracias a ese mecanismo, la asfixia. Si le hiciéramos la autopsia a este cadáver veríamos que el hígado, los pulmones y el cerebro tienen ahora un color muy oscuro debido a la sangre... Pero sigamos que la fetidez es insoportable.

Rápidamente y siempre cogidos de la mano se internaron en un paraje solitario arrullado por el batir del majestuoso palmar. Pero nuevamente un subido e insoportable hedor a cadáver en avanzado estado de descomposición golpeó sus narices.

—Este —dijo Isabel abriéndose paso entre aves y alimañas y señalando para el muerto— se privó de la vida rompiéndose inmisericordemente la cabeza con la misma bola de hierro que llevaba atada al tobillo.

—Tienes razón —dijo Leonardo mirando para la cabeza destrozada—. Pero vámonos para un sitio más acogedor.

Y sin más volvió a tomar a la joven de la mano.

Apenas habían avanzado un corto trecho cuando

otro cadáver, colmado por las mismas aves y alimañas, les salió al paso.

—Este —explicó Isabel impasible ante la ira de auras tiñosas, cernícalos, ratones y demás animales que vieron interrumpido su banquete— se quitó la vida con sus propias manos. Mira, aún tiene las falanges pegadas a la garganta.

—¿Qué desconsideración —apuntó Leonardo—, pudo haber buscado un lugar más apartado.

Y tirando suavemente de la joven la condujo hasta la sombra de una esbelta palma real.

Ambos se disponían ya a sentarse bajo aquel frescor y Leonardo comenzaba a hacer su declaración formal, cuando del altísimo penacho del árbol se precipitó el cadáver de un negro reventándose ante los pies de los paseantes.

—Este —explicaba Isabel— fue uno de los que expulsó ayer la máquina de vapor, habiendo quedado enganchado a esta palmera hasta ahora en que el viento o cualquier fenómeno natural lo desprendió.

En ese momento los jóvenes miraron hacia arriba y pudieron contemplar un espectáculo sin igual: en cada penacho de aquel inmenso palmar, y hasta perderse de vista, se balanceaban peligrosamente uno o varios cadáveres negros.

—Y ellos que pensaban irse para el Africa... —comentó Leonardo con sorna.

Y tirando de la joven suavemente la condujo hasta la sombra de otra palmera. Pero al momento, no un cuerpo sino tres cayeron pesadamente junto a ellos, por lo que prosiguieron el paseo.

Atraídos por un rumor extraño los jóvenes se detuvieron y miraron hacia atrás. Miles de auras tiñosas, cernícalos, búhos, ratones, culebras, ratas, lombrices, gusanos, cucarachas, moscas y hasta cuadrillas de perros jíbaros los seguían. Leonardo e Isabel apresuraron el paso, pero todos los miembros de la extraña comitiva, ya arrastrándose, saltando o volando, también se apresuraron.

—Sin duda —expuso Isabel mirando al extraordinario ejército que se le acercaba— se han dado cuenta de que cada vez que nos detenemos en algún sitio aparece un cadáver, por lo que han comprendido que siguién-

100

donos tienen la comida asegurada. Camina como si los ignoraras —le susurró a Leonardo quien al ver aquella siniestra comitiva tras él estuvo a punto de desmayarse.

Leonardo e Isabel retomaron la marcha apresurados pero fingiendo indiferencia, pensando así despistar a los voraces seguidores, pero cada vez que pasaban por debajo de una palmera (y eran miles) ésta agitaba sus pencas (debido a los continuos movimientos de la extensa falda de Isabel) y un negro muerto caía a los pies de la pareja. Las alimañas devoraban al instante el cadáver y proseguían —ahora más fortalecidas, exitadas y golosas— detrás de los jóvenes.

Describiendo prolongados círculos, Isabel y Leonardo avanzaron por todo el palmar a una velocidad verdaderamente considerable sacando alguna ventaja sobre los perseguidores cada vez que un negro se precipitaba desde lo alto. Cuando lograron salir al descampado echaron a correr rumbo a la residencia llamando con grandes gritos a toda la familia. Los vertiginosos anillos de las culebras, los picos de las tiñosas, los dientes de los roedores, las garras y colmillos de todas las alimañas ya les pisaban los talones.

Salió doña Rosa al corredor seguida de sus tres hijos y al ver a aquel insólito ejército ordenó a la servidumbre que arremetiera contra él... Fue necesario un batallón de esclavos, sucesivos incendios y los perros sanguinarios del contramayoral para poner en fuga aquella plaga y aún así muchos de los negros más vigorosos al igual que los perros más gruesos perecieron devorados.

Sucumbieron, exactamente, en aquella contienda, por la parte de la casa Gamboa: 99 perros de raza, 17 perras barrigonas, 1208 árboles frutales, 50 caballos y 326 esclavos. Por la parte enemiga: 6522 culebras ciegas, 7 mil ratones, 9,001 ratas, 33,333 auras tiñosas, un búho, 26 cernícalos, 75 perros jíbaros, 6 guaraguaos, 1,250,020 moscas azules, 10,099 cucarachas, 908 lombrices, dos grullas y un almiquí —el último que quedaba en toda la Isla.

Cifras de Isabel Ilincheta —sin contar las mujeres ni los niños, naturalmente.

CAPITULO XXVI
La confusión

Al oscurecer, después de la cena, la familia y los invitados salieron al jardín de la residencia campestre (seguidos por los esclavos domésticos que cargaban faroles y sillones) y se dispusieron a disfrutar de la frescura y el esplendor de la noche insular. Entusiasmados además con los preparativos de la cena pascual que tendría lugar la noche siguiente.

Al aire libre se sirvió el chocolate en mesas improvisadas por los esclavos ante los comensales. Don Cándido Gamboa luego de la tercera taza, queriendo ser cortés con su futura nuera se dirigió a ella.

—Isabel —dijo—, quiero que te sientas aquí como en tu propia casa y espero que goces y te diviertas como en la tuya encantadora de Alquízar.

Decir aquellas palabras el señor Gamboa y ponerse de pie hecha una centella doña Rosa, tirando una de las tazas sobre la cabeza de un esclavo, fue la misma cosa.

—¡Cómo! —dijo la dama enfurecida—. ¿Cómo te atreves delante de mí y de mis hijas a galantear a Isabel?

—Mujer —repuso don Cándido impasible—, nadie ha galanteado a Isabel. He sido sencillamente cortés con quien será nuestra futura hija política.

—¡En primer lugar, don Cándido de Gamboa! —bramó doña Rosa—: ¡Leonardo no ha escogido esposa ni la escogerá mientras yo viva, pues no hay mujer, excepto yo, que pueda quererlo, mimarlo, sobrellevarlo y comprenderlo como él se merece...!

—¡Rosa! ¡Rosa!...

—¡Cállate! —gritó doña Rosa, golpeando con el codo las costillas de su esposo— ...¡Y en segundo lugar,

102

sí has galanteado a Isabel! ¿O es que acaso eso de "encantadora de Alquízar" no es un galanteo? Además de haberle dicho primero que esperabas que "gozase" y se "divirtiese" en nuestra propia, sagrada casa... ¡Qué te propones, don Cándido de Gamboa!

—Señora —interrumpió amablemente Isabel—, permítame usted una aclaración. De acuerdo con mis luces, cuando don Cándido dijo "espero que te diviertas como en la tuya encantadora de Alquízar", no se refirió a mí, sino a mi casa.

—¿Y quién puede afirmarme que esa fue su intención? —replicó doña Rosa en sus trece.

—Verdaderamente sólo el autor de la novela de la cual nosotros somos sus personajes, el señor Cirilo Villaverde —respondió con imparcialidad Isabel.

—¡El autor de la novela! ¡El autor de la novela! ¡No me venga con ese cuento señorita, que la he visto a usted hacer y decir cosas que al autor de la novela de la cual usted pretende ser un personaje jamás le hubiera permitido! ¡Me oye!...

—¡Rosa! ¡Rosa! ¿Con qué derecho ofendes así a Isabelita? —replicó dolido Cándido.

—¡Hago valer —rugió Rosa— mi derecho de esposa, señora y madre!... ¡O me traes a ese "Villa Verde" para que me aclare este asunto o pido mañana mismo el divorcio, y la separación de bienes, con lo cual quedarás arruinado! ¡Como oyes, don Cándido de Gamboa! ¡No voy a permitir que se burlen de mí y de mis hijas!...

Y al instante, doña Rosa estalló en un prolongado sollozo.

Todas las señoritas y los jóvenes, incluyendo naturalmente al mozo del azúcar y a Leonardo Gamboa, rodearon a la dama que lloraba a lágrima viva.

—¡Dios mío! ¡Dios Mío! —clamaba alzando los brazos don Cándido—, ¿cómo voy a poder traer aquí a ese Cirilo Villaverde para que aclare ese malentendido (o esa mala redacción), si el muy degenerado se escapó de la cárcel donde cumplía una sentencia por delincuente y sedicioso y huyó al Norte, donde vive tramando quien sabe qué barbaridad para acabar con todos nosotros.

—Señor —se acercó a don Cándido el apuesto mozo

del azúcar—, puedo asegurarle que don Cirilo Villaverde no está en el Norte, sino aquí, en Pinar del Río y en un lugar no muy lejano.

—¿Qué dice usted? —averiguó incrédulo don Cándido— ¡Y cómo es posible que los guardias no lo hayan arrestado!

—Porque está de *"incognito"*. Tiene una escuela allá en el monte, donde enseña a leer a los hijos de los guajiros y hasta a los negros cimarrones.

—¿No lo dije? —volvió a exclamar don Cándido—: Un delincuente, un criminal.

—Delicuente o no —resopló doña Rosa entre sollozos—, mañana lo vamos a ver para que nos aclare ese asunto con "la encantadora de Alquízar". Así que a la cama ahora mismo para podernos levantar a primera hora e ir en busca de ese bendito señor. ¡No piensen —y aquí les lanzó una mirada de muerte tanto a don Cándido como a Isabel— que a mí se me engaña así como así.

Y seguida por un cortejo de esclavos y por sus hijas entró en la residencia.

el autor – Cirilo Villaverde – sería el árbitro

CAPITULO XXVII
Cirilo Villaverde

Tenía toda la razón el mozo del azúcar. Cirilo Villaverde alfabetizaba de incógnito en una de las cordilleras de la Sierra de los Organos, en Pinar del Río.

Las razones de este magisterio eran muy simples: Habiendo publicado su novela *Cecilia Valdés* en Nueva York y teniendo también varios libros publicados en Cuba, supo por su inquieta esposa que ni siquiera un ejemplar de los mismos se había vendido a lo largo de más de cuarenta años. Nadie en la isla —fue su consuelo— sabía leer.

Inmediatamente, por orden de su voluntariosa esposa, partió Villaverde con varias cartillas y libretas rumbo a Cuba. Como estaba condenado a muerte por el gobierno colonial tuvo que introducirse en la mencionada cordillera clandestinamente. Y entre los matorrales (con yaguas y pencas de palmas) había fundado una escuela.

Al arribar allí don Cándido con su mujer y todos sus hijos, además de Isabel Ilincheta y del mozo del azúcar que servía de guía, Cirilo Villaverde se disponía a comenzar las clases del día.

Numerosos eran los muchachos que llegaban (verdad que obligados a cogotazos por sus padres) hasta aquel remoto bohío. Pero realmente ninguno de aquellos jóvenes entre los cuales había hasta un indio (raza ya extinguida en Cuba) querían alfabetizarse. Ellos sabían que el propósito del maestro era que leyesen su obra y ante tal calamidad preferían seguir siendo unos iletrados.

Por otra parte, las clases no eran gratis, ya que la esposa de Villaverde que desde Nueva York lo vigilaba

—pues tenía una vista de águila— no se lo permitía. Así cada alumno tenía que pagar periódicamente el importe de la lección y como en aquel paraje ni siquiera existía el dinero tenían que abonar con especies.

Uno traía una gallina; otro, un cerdo recién nacido; aquél, una cesta de huevos; la de más allá, unas anguilas frescas. Los más atrevidos (que eran precisamente los más) aportaban ranas, cangrejos, culebras, ratones y hasta arañas que Villaverde impasible ordenaba meter en los barriles con tapa que para todo tipo de pago había dispuesto (por orden de su implacable señora) a un costado del aula.

—¡Señor! —gritaba, precisamente cuando llegaban los visitantes, un joven mulato— Aquí le manda mi papá estas jicoteas para que me enseñe rápido el arte de las matemáticas!

—¡Yo no enseño matemáticas, yo enseño a leer! —replicó Villaverde. Y con tono más tranquilo—: De todos modos, ponga esas jicoteas dentro de aquel barril y siéntese.

—Esta oveja se la manda mi madre —gritó una niña descalza—. Es por el pago de todo el semestre.

—Amárrala y siéntate —ordenó el profesor que se disponía a pasar la lista.

Fue entonces cuando reparó en los visitantes.

—¿Qué se les ofrece? —dijo poniéndose de pie.

—¿Es posible que ya no nos reconozcas? —se quejó don Cándido familiarmente.

—Claro que los reconozco. Pero en ningún momento escribí que tenían que venir a verme, y mucho menos aquí. ¡Estoy de incógnito, y no de *"incognito"* como dijo usted, bruto, unas páginas más arriba! —le reprochó al mozo del azúcar.

—Pues aquí estamos, "señor *Incognito*" —se interpuso irónica doña Rosa—. Y no nos vamos a ir hasta que nos aclare un asunto muy serio, ¿eh?

—¿Qué asunto, si se puede saber? —dijo Villaverde ajustándose los espejuelos.

—Señor, —tomó la palabra Isabel—, en el capítulo cuarto de la tercera parte de su novela *Cecilia Valdés* le hace usted decir a don Cándido de Gamboa al hablar con Isabel Ilincheta, una servidora, lo siguiente: "He aquí tu casa; espero que goces y te diviertas en ella como en la tuya encantadora de Alquízar." Pues bien, queremos saber, y sin perder mucho tiempo, si eso de "encantadora de Alquízar" se refiere a la casa o a mi persona.

—¡Oh! —dijo Villaverde haciendo una pausa a la vez que con las manos pretendía imponer silencio a los alborotados alumnos—, eso queda para el curioso lector...

—¡Nada de *"para el lector"* —protestó enfurecida doña Rosa! ¡Eso tiene usted que aclararlo ahora mismo ¡O se forma aquí la de San Quintín!

—Mamá, por favor —intentó poner orden Antonia—, a lo mejor ni él mismo sabe lo que quiso decir.

—¡Pues si no sabe escribir que se haga zapatero o que se vaya a cargar cañas a un trapiche. ¡Pero las cosas hay que aclararlas ahora mismo!

—Señora —dijo Villaverde ya nervioso y asfixiándose dentro de su larga barba y sus ropas al estilo europeo que su esposa, desde Nueva York, le ordenaba que llevase en aquel clima tropical—, yo publiqué el primer tomo de esa novela en la imprenta literaria de don Lino Valdés, a mediados del año de 1839...

—¡Eso a mí no me importa! —bramó Rosa—. ¡Al grano!

—De vuelta en la capital en el año de 1842, sin abandonar el ejercicio del magisterio...

—¡Cállese y explíquese! —interrumpió también violento don Cándido—. ¡Por su culpa estoy al borde de perder mi familia...!

En ese momento baló con fuerza la oveja y los alumnos la imitaron a la vez que saltaban de júbilo en los asientos: Al fin alguien estaba poniendo en su lugar a aquel profesor tan ridículo.

—¡Pégale! —se le oyó gritar a uno.

—¡Tírale de las barbas! —aconsejaba el segundo.

—¡Dale con la regla en la cabeza! —proponía una vocecita femenina.

—Durante la mayor parte de esa época de delirios y de sueños patrióticos —proseguía Villaverde que realmente necesitaba imperiosamente hablar de su obra y de sí mismo— durmió por supuesto el manuscrito de la novela...

—¡Pero, de qué está usted hablando, señor mío! —Se atrevió a gritarle en sus propias barbas con Cándido.

—¡Duro! ¡Duro! —aconsejó verdaderamente entusiasmado el indito.

—...De suerte —continuó Villaverde—, que en ningún sentido puede decirse que he empleado cuarenta años en la composición de mi novela.

—¡Está bueno ya! —dijo en ese momento doña Rosa.

Y tomando uno de los barriles fue a estrellarlo contra la cabeza del profesor, pero al levantarlo se le cayó la tapa y salió lo que había adentro: Un amasijo de culebras. Como si aquello fuera poco, doña Rosa tomó otro barril que también se abrió poblando el recinto de enormes arañas peludas. Pero la infatigable señora, a pesar del peligro de muerte que corría, no se contuvo y tomando el tercer barril lo tiró sobre la mesa del profesor rompiéndolo en mil pedazos de donde saltaron cientos de cangrejos moros garfio en alto. Uno de estos animales prendió su gigantesca tenaza a la nariz del profesor (por cierto bastante larga), haciéndole añicos los espejuelos.

Dando golpes de ciego y sin soltar el maletín donde llevaba las lecciones del día, Villaverde rompió la pared de yagua del bohío (que se vino abajo) y se perdió, a una velocidad inaudita para su edad e indumentarias, por toda la cordillera.

—¡Jutía! ¡Jutía! —le gritaban los alumnos, eufóricos y llenos de júbilo ante el fin de sus penas.

En seguida ayudaron a las damas y a los señores a salir de aquel sitio infestado de animales dañinos.

Cuando de regreso, y más calmados, los visitantes atravesaban en la volanta los peligrosos desfiladeros se oyó un grito pavoroso lanzado sin duda por el viejo profesor a quien el cangrejo no pensaba liberar.

—Me pregunto —dijo entonces doña Rosa— si al fin habrá muerto ese imbécil.

—¡Ah! —respondió don Cándido tomando galantemente una de las regordetas manos de su esposa— Eso queda para el curioso lector...

CAPITULO XXVIII
La cena pascual

Al oscurecer del día 24 de diciembre de 1830 se sentó a la mesa la familia Gamboa con todos sus invitados.

Iba a comenzar la cena pascual.

Eran dieciséis personas, incluyendo naturalmente a todos los Gamboa, a Isabel y a su padre, al cura y al médico, al técnico norteamericano, al mayordomo, al alcalde del Mariel, al mozo del azúcar y algunas otras personalidades del lugar.

Detrás de cada comensal dos esclavos se afanaban en abastecerlo, en tanto que el mayoral al son de un látigo silencioso (los señores no querían ruidos foráneos en la mesa) se encargaba de que el resto de la servidumbre trajese al punto los innumerables platos. También debajo de la mesa otra gama de invitados trajinaba. Eran los perros, gatos, gallinas y cerdos domésticos que la familia, en ese día sagrado, dejaba que disfrutasen de los huesos y demás sobras que le lanzaba en prueba de generosidad cristiana.

Comenzó la cena con una fuente gigantesca repleta de anguilas nadando en aceite y arroz a la valenciana y otra con pavos y perdices rellenos y una gigantesca paila con los frijoles negros pascuales. Inmediatamente trajeron una vaca frita y un cataúro con ochocientos boniatos asados. Todo aquello, que doña Rosa llamó "el ligero entrante" fue engullido rápidamente por los entusiasmados comensales que sólo descansaban un instante para retirar de sus piernas las patas de los animales que esperaban entre gruñidos o ladridos su porción.

A una palmada de doña Rosa arribó la segunda remesa de alimentos:

109

Dieciséis lechones tostados, dieciséis gigantescas cazuelas de barro repletas de cangrejos en salsa de perro, dieciséis ollas con bacalao entomatado, dieciséis chilindrones de chivo y un gigantesco tinajón donde venía el ajiaco combinado con jutías congas, un majá de Santa María, bollos de maíz, yuca, ñame, malanga y plátanos burros.

—¡Qué pasa con el mondongo! —gritó enardecida doña Rosa.

Y al momento seis forzudos esclavos depositaron respetuosamente sobre la mesa una especie de batea monumental donde venía el mondongo guisado con quimbombó a la criolla.

—¡El pescado! —ordenó de nuevo doña Rosa.

Cincuenta esclavos portaron un manatí pescado en la bahía del Mariel y cocinado a vapor en salsa agria, raspadura y aceite de mono.

—¡Las morcillas! —volvió a comandar la anfitriona.

Y de inmediato irrumpió el cocinero mayor del ingenio portando él sólo, para congratularse con la señora, una bandeja enorme donde se enrollaban infinitas morcillas nadando en manteca de cerdo y huevos fritos.

—¡El conejo!

Y cada comensal despatarró y despachó cinco de aquellos deliciosos animales.

—¡La bebida! —ordenó don Cándido.

Y al lado de cada dama se colocó una tinaja repleta de champola ·de guanábana, otra de zambumbia, una más de anís, otra igual de ajenjo y varias de vino tinto. En cuanto a los caballeros, tomaron cada uno un barril de champán de La Viuda, otro de cognac francés y otro de Ron Desnoes fabricado por ese comerciante en Jamaica.

—Se me está abriendo el apetito —dijo en ese momento el doctor.

Por lo que doña Rosa sin aguardar más ordenó al cocinero que trajera los platos especiales que desde meses anteriores había confiado a la portentosa habilidad de aquel maestro.

En un momento la mesa se cubrió de iguanas en salsa verde, pulpos en agua de coco, hígados de colibrí, ostras en zumo de orquídeas, jicoteas en salsa china,

110

huevos de ornitorrinco, **buñuelos** en caviar, chicharrones de cocodrilo, lenguas de cotorra, albóndigas de reno, corazones de cartacuba rellenos con huevadas de lampreas marinas y fetos de focas traidas en bergantines desde el Cabo de Hateras y compelidas a abortar unas horas antes de la cena, entre otras innumerables exquisiteces.

—¡Los quesos! —gritó doña Rosa por encima de aquella barahunda.

—¡Los postres! —gritó don Cándido en el colmo del deleite y la euforia.

—¡El café! —exclamaron las hijas de los Gamboa.

—El chocolate! —apremió don Pedro, también amante de esta bebida.

—¡El ponche! —pedía el doctor.

—¡El guarapo! —reclamaba el mozo del azúcar.

—¡La ensalada! —recordaba el técnico norteamericano.

—Se han olvidado de los turrones pascuales —apuntaba el señor cura que combinaba su religiosidad con su apetito.

En un relámpago toda la mesa se cubrió de una complicada gama de quesos, dulces, bebidas, yerbas, platos célebres, turrones y tazones de porcelana repletos de chocolate hirviente... El frangollo de Bejucal se confundia con el champán francés, los polvorones de Morón con la jijona española, la frutabomba se comia enrollada con el jamón de Westfalia, las guayabas en almíbar eran engullidas junto con los buñuelos y los esturiones se mezclaban con el arroz con leche... Cayeron sobre la mesa yemas dobles preparadas por el mismísimo Florencio García Cisneros, tortillas de maiz, tortas de casabe, sesos de chimpancé nadando en melado caliente, huevos de caguamas confitados, patos en salsa dulce, panales de abeja, tayuyos, membrillos, cañas dulces, camarones amelcochados, panes de gloria, quesos provenzales, higos secos, ancas de rana, haces de perejil, testículos de venado, cabezas de hipocampos... Entrantes y aperitivos, postres y platos fuertes aparecian y eran engullidos en un incesante torbellino que en vez de aplacar estimulaba la gula de los comensales.

Ya a media noche, cuando terminó la cena, todos se habían convertido en gigantescas y relucientes bolas o cuerpos completamente esféricos que los sirvientes cubrieron con enormes mantas y empujándolos suavemente los condujeron hasta sus respectivas habitaciones.

No obstante, a pesar de la eficacia de estos esclavos domésticos, algunas de aquellas gigantescas esferas humanas perdieron el rumbo y abandonando la residencia cruzaron (y destruyeron) el jardin, dispersándose por la extensa campiña seguidas por la fiel servidumbre que inútilmente trataba de darles alcance.

Era realmente poético ver aquellas descomunales esferas brillantes bajo la luna llena deslizarse velozmente por todo el campo ya empapado por el rocio. Detrás, las diminutas y oscuras figuras con varas, sogas y hasta aguijones tratando de detenerlas.

Por largo rato los esclavos del ingenio que se calentaban con pequeñas fogatas frente a sus cabañas de paja observaron aquellas bolas girar vertiginosamente hasta chocar con la Sierra de los Organos. Organos que de inmediato comenzaron a tocar, sin duda hechizados por tan conspicuos e imprevistos visitantes.

Transformados pues en aquellos inmensos cuerpos rodantes iba el cura, doña Rosa y sus hijas (Antonia y Adela), don Pedro, el mayordomo, el doctor y el mozo del azúcar quien quizás voluntariamente salió de sus carriles en persecución de su amada.

Naturalmente, el choque contra la cordillera desvió el rumbo de los voluminosos viajeros derivando hacia el Valle de Viñales, lugar donde por no haber ningún declive se detuvieron para siempre, conformando así el accidente geológico que se conoce ahora con el nombre de los Mogotes de Viñales... No ocurrió lo mismo con el mozo del azúcar a quien su ardiente amor por Adela lo mantuvo con vida por un tiempo más largo. De este modo, en una de sus violentas embestidas al mogote que era ahora su amada, el joven reculó hacia el Oriente yendo a morir de soledad en las costas de Matanzas. El es desde luego, la formidable elevación que se conoce ahora mundialmente por el nombre de El Pan de Azúcar de Matanzas.

Al otro dia, don Cándido abandonó el ingenio en confortable volanta acompañado por Carmen y Leonardo. (Los dos únicos miembros de la familia conque ahora contaba). Al pasar por el Valle de Viñales re-

conoció la figura de su esposa petrificada y temiendo
que aún pudiera formularle algún reproche, ordenó al
calesero espolear los caballos.

QUINTA PARTE

(EL REGRESO)

Cecilia burlada
el destino se repite

CAPITULO XXIX
El milagro

Así que Leonardo Gamboa la había engañado y se había ido al campo con una guajira —pensaba enfurecida Cecilia Valdés, mientras se paseaba, o más bien corría por la pequeña sala, derribando a doña Josefa que la observaba—. ¡Así que el muy miserable se olvidó de mí a pesar de sus promesas, a pesar de haberme jurado que iba a casarse conmigo! ¡Y aquí estoy yo, burlada! ¡Y bien burlada! Nada menos que con un hijo de él en mis entrañas... un hijo que no quiero tener. ¡Porque no quiero saber nada más del padre! ¡No quiero nada de él! ¡No lo querré más en mi vida! ¡Jamás volveré a mirarle la cara! Y en cuanto a este hijo, porque al menos espero que sea hijo y no hija, haré todo lo posible para que no nazca. Tener un hijo mulato y sin padre en este sitio es echar otro esclavo al mundo. ¡No, no quiero cargar con ese crimen!

Terminó gritando a toda voz Cecilia mientras se apretaba y golpeaba el vientre donde latía la criatura.

—¡Ah, sí, conque no me quieres, eh? —dijo entonces el pequeño feto desde el vientre de Cecilia—: Pues ahora verás.

Y en menos de cinco minutos, desarrollando una insólita energía, creció desmesuradamente, se abultó dentro de la placenta, tomó la forma ya de un niño de nueve meses, pataleó en el vientre de su madre, cambiándose, para mortificarla aún más el sexo, pues era, efectivamente, un varón; y de un cabezazo, soltando altísimos gritos, salió la niña del cuerpo de Cecilia quien atónita contemplaba aquel fenómeno.

magia

—¡Mamá! —dijo la niña de inmediato, llegando en dos segundos a la edad de cinco años, donde se detuvo.

Aún más alarmada contempló Cecilia a aquella mulatica que le extendía los brazos y que era su propio retrato aunque quizás todavía más parda.

—¡Maldito! ¡Maldito! —exclamó la Valdés, pensando siempre en su amante traidor—. Mira lo que me has hecho. No te lo perdonaré. Jamás te perdonaré esta infamia ni aunque me lo pidas de rodillas. ¡Hombre canalla, como todos!...

En ese momento, por el hueco de la puerta de la calle apareció Leonardo Gamboa quien acababa de llegar de la finca **La Tinaja** y para mortificar a don Cándido, que se oponía rotundamente a sus relaciones con Cecilia, salió de inmediato a visitarla.

—¿Estás sola? —le preguntó.

—¡Sola, sola!... —Contestó Cecilia que al momento olvidó tanto su odio como a su abuela e hija.

—¿Me esperabas?

—Con el alma y con la vida.

—¿Quién te dijo que yo venía hoy?

—El corazón.

—Te veo más pálida y más delgada...

—He sufrido mucho pensando en tí... Leonardo, prométeme que te casarás conmigo, ya tenemos una hija.

—Muy pronto nos casaremos —prometió el joven bachiller que esa misma noche en la fiesta de La Sociedad Filarmónica pensaba anunciar su compromiso oficial y boda con Isabel Ilincheta, y a quien el hecho de tener una hija con una mulata ni siquiera entró en consideración.

Por lo demás, ¿estaba loca Cecilia? ¿De dónde había sacado a aquella negrita que ahora le gritaba **papá** y le tendía los brazos? ¡De qué burdas artimañas se había valido la mulata para intentar amarrarlo! ¡Ah, estas negras son el diablo! —pensó. Y dijo:

—Mejor es que hablemos a solas en la cocina.

Y allí entraron, corriendo al momento la cortina.

En un rincón de la sala, doña Josefa que había presenciado todos estos acontecimiento estaba aún paralizada. Una vez más la misma maldición que había perseguido a toda la familia volvía a cumplirse. El bello,

Historia de las mujeres de la familia

fugaz e inevitable hombre blanco que de pronto engen-
draba a otra mulata para que la fatídica tradición si-
guiese su curso.

La historia había comenzado con su madre, doña
Amalia, negra africana, que la había engendrado a ella,
Josefa, mulata casi negra, y ella con otro hombre
blanco había tenido a la parda Rosario Alarcón, quien a
su vez con don Cándido Gamboa había engendrado a
Cecilia, mulata casi blanca (o blanconaza, como le decían), y ahora Cecilia, con su propio hermano blanco,
tenía una hija la que sin duda se enamoraría de algún
blanco. Ya la bisabuela había reparado cómo la niña
miraba fascinada a Leonardo, y no con pasión de hija...
No podía más doña Josefa. Ningún dolor, pensó, era
tan inmenso como el suyo. Y desde la cocina llegaron,
confirmándole este pensamiento, las risas de Cecilia y
de Leonardo, y, como si eso fuera poco, su bisnieta le
tiró de las faldas para recordarle su inminente presencia.
Realmente no podía soportar más, se dijo doña Josefa y
corrió hasta la habitación donde estaba la imagen ado-
lorida de la virgen traspasada por la espada de fuego.
Sólo ella podría ofrecerle algún consuelo, hacer algún
milagro. Y se tiró de rodillas frente a la virgen con el
niño, llorando a lágrima viva y preguntándole cómo era
posible que la vida fuera absolutamente un infierno, qué
sentido tenía entonces que existiera después aquel otro
infierno y sobre todo para qué entonces evitarlo si el recuerdo de estos sufrimientos no la abandonarían
nunca... Cómo era posible que al dolor sólo se sucediese
un cúmulo mayor de penas. Cómo es posible, gritaba
ahora, que ni siquiera alguien venga a preguntarme por
qué estoy llorando, por qué he estado llorando toda mi
vida, por qué estoy aún con vida... ¿Cómo es posible
que ni siquiera Tú —y levantó los ojos hacia la
imagen— me hagas una señal de aliento, un milagro?
¿Es que no comprendes que aún cuanto tenga, como lo
tengo, el corazón forrado de hierro y claveteado de cobre no puedo soportar más?

Entonces la virgen traspasada por la espada de
fuego se agitó levemente en el nicho y concediéndole a
la mulata una mirada fría y pavorosa habló:

—¿Y cómo es posible que precisamente me hayas
elegido a mí como consuelo? Con esta espada de fuego

La virgen responde

118

que perennemente me traspasa el pecho y con mi único hijo asesinado por la turba, ¿cómo puedo ser yo la encargada de reconfortarte? ¿No te has dado cuenta (¡nadie se ha dado cuenta!) de que yo también estoy transida de dolor? ¿Cómo es posible que viéndome en estas condiciones, y a través de tantos siglos, nadie haya comprendido que yo soy el símbolo de la desesperación y no de la felicidad?... ¡Soy yo —y aquí su voz doblemente virginal, pues era la primera vez que realmente hablaba, se hizo más potente— y no tú (no ustedes) quien carga con el sufrimiento supremo! Yo no soy la salvación, y si me han visto de esa forma no es mi culpa. ¿Acaso he dicho alguna vez algo semejante? Olvídate de esa idea —ordenó ahora— y apiádate de mí. Yo sola no puedo soportar ni representar más este dolor. Yo no puedo seguir toda la eternidad en esta posición y con esta espada de fuego traspasándome. Considérense de mí. ¡Sacrifíquense! Haz tú un milagro... ¡Ayúdame!

Al escuchar estas palabras, el sufrido corazón de doña Josefa no pudo más, y a pesar de que, como ella misma había dicho, las incesantes penas lo habían forrado de hierro y claveteado de cobre, colmado por una angustia absoluta y sin redención, estalló en su pecho... Entonces uno de aquellos clavos de cobre que lo remachaba salió disparado hacia la imagen de la virgen derribándola del pedestal y rompiéndola en mil pedazos.

Cuando Cecilia y Leonardo decidieron culminar sus requiebros en la alcoba se detuvieron un instante al descubrir sobre el piso los pedazos de mármol que cualquiera hubiese podido afirmar que pertenecían a la virgen traspasada por la espada de fuego si no hubiera sido porque en el pedestal permanecía aún la misma imagen.

Pero si los amantes hubiesen observado detenidamente, cosa que desde luego no hicieron, habrían comprobado que la virgen había sido sustituida por otra imagen. Tenía la piel completamente morena, el pelo ensortijado, en los brazos sostenía no a un niño rubio sino a un negrito, y una expresión de dolor aún más intensa ensombrecía su semblante. Expresión que aumentó aún más cuando los hermanos cayeron abrazados sobre el lecho.

—¡Miren! ¡Miren! —gritaba la hija de Cecilia y

Leonardo, saltando cerca de la cama!— Abuela se ha vuelto de piedra!

Pero ellos no estaban ahora para oir tales impertinencias.

CAPITULO XXX
Del Amor

Un gran amor es deseo satisfecho, violencia desatada, aventura y fugacidad disfrutadas a plenitud precisamente por su condición efímera; porque si fuera algo eterno e ineludible, sería un fardo, un castigo y sobre todo (y esto es lo peor) un aburrimiento... —Así pensaba Leonardo Gamboa mientras corría hacia Cecilia—. Plenitud desbordándose, en eso consiste el amor. "La pasión sin exceso no puede ser bella". Y estoy citando al mismísimo Pascal. Sí, a Blás Pascal, cuya ciencia la aprendí directamente del Licenciado Javier de la Cruz en el Colegio de San Carlos. Porque soy un hombre letrado, aunque el imbécil narrador de esta novela, que ni siquiera es de él originalmente, me pinta como un energúmeno, un vago, un perezoso y un mal estudiante... Eso y mucho más sé. Y sobre todo sé lo que verdaderamente es el amor, porque estoy vivo y joven y sano y fuerte, así que nada tengo que ver con esas barrabasadas que el sifilítico y degenerado, quien piensa que es nada menos que el mismísimo Goya (me refiero naturalmente a Arenas), quiere adjudicarme o con las del otro viejo cretino quien tampoco dio pie con bola en lo que se refiere a mi carácter, ni en nada... El amor, prosigo, es explosión o muerte. "Cuando no se ama demasiado no se ama suficiente". (Y aquí termino con Pascal). Porque el corazón del hombre es como una de esas horribles ciudades del norte: o se derrite de calor o se muere de frío. Y todo eso, naturalmente, —como esas espantosas ciudades— es por etapa. Yo estoy ahora en la etapa del fuego, y así espero estar siempre o por lo menos durante muchísimo tiempo, y no tengo porqué

121

desperdiciar la oportunidad que se me presente, ni porqué atarme si no lo deseo.

Amar es materializar en un instante la dicha de estar vivo ¿y cuál es el sentido de la vida sino el de los deseos más voluptuosos absolutamente satisfechos allí mismo donde se manifiestan y con el objeto que los provoca? Objeto que es ahora, en este caso, ella, mi Celia o Cecilia (que de ambas formas la llaman los idiotas narradores antes mencionados), esa mulata estupenda que me recuerda, no se el porqué, a mi hermana Adela.

Todos, hasta la misma Cecilia, siempre me están hablando de compromisos, de reglas, de deberes aún para con el amor. ¡No, señor! Un amor no puede observar ningún tipo de compromiso ni atadura, ninguna ley (a no ser las suyas propias) lo pueden mediatizar; pues entonces no sería amor, sería obligación, responsabilidad, fastidio. Para eso están las esposas, la familia, los amigos. Un amor es esto: irrumpir de madrugada en casa de la amante y volar con ella en brazos hacia la cama y poseerla de inmediato, antes de que el deseo sea turbado por conversación, pregunta, reconvención o queja alguna. Un gran amor tiene que ser una conquista, un acto prohibido y perseguido, una burla a todo cuanto nos rodea y nos ordena y oprime, y sobre todo un sentirse también absolutamente libre e independiente del objeto amado.

Un gran amor no hace preguntas ni presupone futuros, porque precisamente por grande sólo puede existir en el presente, y porque si se pensase que ese amor es grande y lo tratásemos como tal, dejaría de inmediato de ser un gran amor. Ligereza, desenfado, frivolidad incluso, he aquí algunos de los requisitos que hay que cumplir si se quiere disfrutar de un gran amor... Juego, promesas incumplidas, infidelidad, burla, orgullo desafiado y pisoteado, y luego levantado y besado y adorado para inmediatamente abandonarlo y luego volver, volver siempre con la seguridad de que esa será la última vez. He aquí también lo que se ha de observar si se quiere conservar un gran amor... Porque para que exista un gran amor no se puede tener una sola amante. Eso sería muy poco para nosotros y demasiado para ella. Terminaría por aborrecernos y (lo que es lo mismo) por traicionarnos. Varias, numerosas, muchas amantes hay que tener si realmente queremos amar y desear una sola, entregándole con verdadera vitalidad y abundancia el frunto especifico y único de nuestro duradero amor.

Que alguien se oponga a nuestras relaciones es un requisito imprescindible para el buen desarrollo de la pasión. Porque un gran amor es sobre todo un gran capricho; porque un gran amor es sobre todo el egoísmo de dos cuerpos que recíprocamente se reflejan y desean. Porque un gran amor para serlo no sólo nunca debe creer —como ya dije— que es un gran amor, sino que ni siquiera debe pensar en qué cosa es el amor, porque si tuviese explicaciones no sería amor, sino un libro, una fábula o cualquier otra historia para viejas pías o señoritas deshauciadas... Pasión manifestada, ansiedad descargada, virtud violada, ostentación de estar vivo y triunfante, vanidad, posesión, éxtasis y culminación —espiritual y física— ante el éxtasis de la opuesta vanidad sometida, rabiosa y gozosamente sometida, pasando de orgullosa amante a inquieta, temerosa, insegura amada.

Un gran amor son dos cuerpos ardientes y ansiosos que se encuentran a través del deseo y al poseerse se transforman en todos los cuerpos amados y odiados; hermana y madre, padre y amigos. Todo lo que de alguna manera conforma nuestra vida y por lo tanto los sentimientos más sediciosos e invencibles.

Porque un gran amor es, sobre todo, una gran provocación.

CAPITULO XXXI
El baile de La Sociedad Filarmónica

Aquel 31 de diciembre el grandioso baile anual en la Sociedad Filarmónica tenía una doble significación e importancia. Por un lado, en sus salones debería tener lugar el asesinato del Cónsul inglés y el del almirante Lord Clarence Paget —asesinato complotado por el mismo Capitán General en contubernio con don Cándido de Gamboa y otros hacendados y negreros—; por otra parte, también se anunciarían ante aquella exquisita concurrencia las bodas de Leonardo Gamboa y de Isabel Ilincheta.

Al caer la noche comenzaron a llegar los invitados, portando todos enormes antifaces que los cegaban completamente, pues bajo la máscara se habían ajustado cuidadosamente una eficaz venda. A tientas atravesaban el enorme salón y una vez situados contra la pared posterior sobre la que colgaban el retrato colosal de Fernando VII se quitaban las incómodas pero salvadoras bandas.

Por otra parte, hay que reconocer que algunas damas convertían aquel estricto acto de salvación en un exquisito alarde de coquetería, portando así fabulosos y negrísimos velos tachonados de pedrerías y bordados en oro.

¿Cuál era pues la razón de que lo más rancio de la nobleza habanera entrase con los ojos completamente vendados a aquel regio salón de baile? El colosal retrato de Fernando VII, que enclavado en la gran pared trasera dominaba todo el recinto. Tan espeluznantes eran los rasgos de aquel retrato (y por lo mismo copia fiel del original) que toda persona que hasta la fecha lo hubiese visto había caído muerta al instante.

124

No se trataba pues de una boca desmesurada y diabólica, de unas orejas puntiagudas y descomunales, de una triple-papada gigantesca, de un pelo ralo y ceniciento, de un rostro espectral y depravado, de una nariz horripilante o de unos ojos saltones y siniestros —todo lo cual poseía aquel temible retrato—; se trataba de un conjunto, de una carga tan pavorosa de horror y de malignidad, de bestialidad y estupidez, todo acumulado en aquellas expresiones y rasgos, que no se había encontrado aún criatura viviente que pudiese enfrentarlas.

Sin duda algún curioso e impertinente lector (de ésos que nunca faltan) será capaz de interrumpirme precisamente en este momento tan tenso y difícil de mi narración, para preguntarme cómo entonces puedo yo hacer tan fidelísima y detallada descripción de ese cuadro. Muy sencillo, señor, soy su pintor y por lo tanto su creador: Francisco de Goya y Lucientes, más conocido como Tomasito, para servirle... Hice, sí, un trabajo perfecto, puse en esa obra toda mi furia y mi genio, además de mi lucidez sifilítica (honor real que me otorgó directamente y sin máscara, la reina María Luisa). Terminado el cuadro el mismo Fernando VII lo mandó a velar con un doble lienzo, temiendo por su propia vida —la de él y no la del cuadro que es naturalmente indestructible.

Con gran éxito ha participado ése, mi cuadro, en numerosas campañas militares y en los más connotados conflictos bélicos. El fue el causante de la exterminación de los indios en todas las Antillas y en gran parte de sur y norteamérica, y el creador de los inmensos desiertos que hoy existen en los varios continentes. Luego, como el odio de Su Majestad a la Isla de Cuba era tan grande, sobre todo a causa de ciertos nobles criollos que pedían algunas reformas, ordenó que aquel retrato (o arma temible) se colgase en el centro del más elegante salón habanero. Pero los cubanos, gente en general pícara y desvergonzada pero astuta, descubrieron el ardid real y se propusieron burlarlo. Velar el cuadro no les estaba permitido. Descolgarlo, imposible. ¿Dejar de asistir a los bailes de la Sociedad Filarmónica? Primero muertos. Unica solución, no mirarlo. De ahí el hecho de que todos entraran con los ojos vendados en el magnífico recinto hasta colocarse de espaldas a la temible imagen.

125

De espaldas tocaba ahora la orquesta compuesta de doscientos negros ciegos, pues en extremo precavidos se habían sacado ellos mismos los ojos... De espaldas bailaban ahora una contradanza las elegantísimas damas balanceándose como globos aerostáticos dentro de sus inmensos mariñaques, muchísimas damas, por cierto, llevan ahora una mona ataviada a la francesa. Influencia indiscutible de la Condesa de Merlin que impuso a las bellas habaneras esta costumbre, pensando, las criollas, que así imitaban el último grito de los salones parisinos. También de espaldas a la pared y junto al cuadro colosal se agruparon el Obispo de La Habana, el nefario señor Echerre, el comandante de la marina española, el Alcalde de la ciudad, el Procurador, Don Cándido de Gamboa con su hija Carmen, y Tondá de sable y charreteras doradas; todos alrededor del Capitán General Don Dionisio Vives, solemne con su banda transversal, gorgeras, espada, bastón de oro y sombrero de tres picos bajo el brazo.

—¡Ahí están! ¡Ahí están!

Gritó por lo bajo don Cándido al ver las impecables figuras del gran Cónsul inglés y de Lord Clarence Paget entrar en el salón, siempre conducidos por la sin par María La O, mulata casi blanca que esa noche, y por orden estricta del Capitán General, hacía de anfitriona ante los prominentes dignatarios.

La gran orquesta dejó de tocar. Caballeros y damas se quedaron de pie en espera del desenlace fatídico y anhelosamente deseado. Pero los dos invitados avanzaron con la vista muy baja hasta donde estaba el Capitán General y con el más exquisito de los cortesanos estilos se inclinaron ante la máxima figura pública y ante el señor obispo, presentando sus profundos respetos.

—Siéntanse ustedes como en su propio palacio —dijo el Capitán General, y haciendo un amplio gesto agregó—: ¿Qué les parece el salón?

—Muy hermoso —dijo el cónsul mirando siempre para las hebillas de oro de sus zapatos.

—Verdaderamente... —agregó Lord Clarence Paget con la vista clavada en el suelo, y ahí terminó su discurso pues esa era la única palabra que en el vasto idioma español era de su dominio.

—Mírenlo todo —casi ordenó Dionisio Vives—.

126

Esta construcción es orgullo de todo el reino. Y en cuanto a las pinturas —y aquí el Capitan General llevó un brazo hacia atrás mientras pensaba *alguien nos ha traicionado ¡Me cago en Dios! Mañana mismo mando a prender a toda la ciudad.*—... Las pinturas son realmente extraordinarias, hechas por el mejor pintor de la corte.

—Son obras maestras —Asintió el cónsul con los ojos cerrados.

—Verdaderamente... —agregó de inmediato con los párpados bien apretados Lord Clarence Paget.

—La gentil María la O se encargará de mostrarle a ustedes todo el salón —terminó el Capitán General. Y a un gesto suyo la orquesta, en homenaje de los visitantes, tocó un lento minué de corte, y luego una alemanada.

A medianoche casi todos los invitados habían consumido toneladas de comida y muchos barriles de vino, agotando y volviento a agotar las provisiones que incesantemente se servían en las largas mesas. Sólo de vez en cuando abandonaban el salón para dirigirse hasta el pozo recién cavado en el patio central, dentro del cual vomitaban. Esta nueva y salvadora costumbre fue incorporada por los habaneros después de los trágicos acontecimientos acaecidos durante la cena pascual en la finca *La Tinaja*. De aquí el hecho de que todas las grandes residencias de La Habana (y aún las del interior) tengan ahora un regio pozo en el mismo centro.

Tan preocupado estaba don Cándido con la infructuosa marcha de los planes que hasta había olvidado ordenar a Leonardo el anuncio de su próxima boda; tampoco reparaba el distinguido señor en las miradas que el negro Tondá le dirigía su hija Carmen, miradas que eran acogidas por la única heredera de los Gamboa con verdadero deleite. Ni siquiera cuando el impresionante africano tomó a la joven por el talle y bailó con ella un vals y luego una cachucha y luego un zapateo, don Cándido salió de su ensimismamiento.

Eran ya más de las cuatro de la madrugada y aún los invitados ingleses no habían mirado el cuadro de Fernando VII.

—Par de cerdos, nos han aguado la fiesta —murmuró el Capitán General, siempre sonriendo y haciendo reverencias.

—Verdaderamente... —respondió con otra reverencia Lord Clarence Paget quien por supuesto nada había entendido.

Pero fue en ese instante cuando, sin embargo, un hecho imprevisto casi colma los planes de aquella sociedad habanera.

Mientras el Cónsul bailaba con la escultural María la O, pisó por descuido y por desgracia la cola de la inquieta monita que la dama llevaba asida a una fina y larga cadena de oro. El pobre animalito, ante el peso de aquella poderosa bota, escapó de la mulata y se trepó asustado a la pared posterior del salón subiendo sólo hasta la altura del retrato colosal, pues cuando sus pequeños ojos se enfrentaron a aquella tela el más descomunal de los chillidos hasta entonces jamás oído retumbó en todo el recinto.

Fue imposible para casi todos los que allí estaban el no volverse al sitio de donde procedían aquellos alaridos.

Entonces, en menos de lo que alumbra un relámpago, el inmenso salón se pobló de cadáveres. Casi todo lo más encumbrado de la sociedad habanera de aquellos tiempos pereció en esa fiesta.

Entre los sobrevivientes se contaron sin embargo, además de los doscientos músicos negros, el Capitan General cuyas gorgeras de hierro (secretamente confeccionadas para este evento) no le permitieron virar el cuello, don Cándido de Gamboa que imitaba todos los gestos del Capitán General y por lo tanto no se movió, Isabel Ilincheta y Leonardo Gamboa que permanecían ensimismados calculando a cuánto montaría la suma de sus fortunas unidas. Por supuesto, también salvaron sus vidas el excelentísimo Cónsul General inglés y el almirante, Lord Clarence Paget.

—Extraña fiesta la de estos indios —comentó precisamente el Cónsul mientras sorteando (y a veces pisando) cadáveres abandonaba con gran dignidad el sepulcral recinto.

—Verdaderamente... —añadió Lord Clarence Paget siguiendo cautelosamente al Cónsul.

En cuanto a Carmen y Tondá, ajenos a todo lo que no fuese su pasión, aprovecharon la catástrofe para apoderarse del coche del obispo (coche que Su Ilustrí-

128

sima no necesitaría nunca más) y a todo tropel cruzaron la muralla y se internaron en las tierras vírgenes donde Carmen perdió al instante su virginidad.

CAPITULO XXXII
La boda

La muerte de doña Rosa y de Adela, así como la de don Pedro, facilitaron el plan de don Cándido, casar a Leonardo Gamboa con Isabel Ilincheta. El sabía que el padre de Isabel la quería demasiado para entregarla a hombre viviente. En cuanto a la madre y a la hermana menor de Leonardo sucedía lo mismo: el amor de aquellas mujeres por Leonardo era tal que por una u otra razón nunca encontrarían mujer alguna digna del joven, salvo, quizás, ellas mismas... Quedaba sólo un obstáculo, Cecilia Valdés. Pero don Cándido, a fin de que el joven olvidase a su querida (y conociendo su ambición) le había ofrecido a éste toda su fortuna en dote matrimonial, además del flamante título de Conde de la Casa Gamboa, comprado, sí, a los mismos Reyes de España por el precio de una fortuna y que de un momento a otro haría su llegada, llegada que don Cándido esperaba con el mayor de los entusiasmos y como la culminación de todos sus esfuerzos... Por lo demás, según don Cándido y sus sagaces abogados, fortuna y título quedarían en manos de la Casa Gamboa, ya que el esposo —por ley— era el encargado de administrarlos. Por otra parte, casándose con Isabel la fortuna no solamente estaría a salvo sino que, por lo menos, se multiplicaría.

Rápidamente se hicieron los preparativos, y el día seis de enero, fiesta de Los Reyes Magos, mientras toda la población humilde celebraba y se divertía con disfraces y zapateos al pie y sobre la muralla, las damas que habían sobrevivido al desastre de la fiesta en la Sociedad Filarmónica (porque no habían ido a ella) se encaminaron, vestidas de negro y con mantillas, a la elevada Iglesia del Angel.

Desde luego, no faltó quien le comunicara a Cecilia Valdés el inmediato enlace de su amante con Isabel Ilincheta. La misma Nemesia Pimienta, cada día más resentida, despechada y celosa, pero que aún abrigaba la remota esperanza de ser la amante de Leonardo Gamboa, fue la portadora de la noticia.

Completamente enfurecida y con el enorme cuchillo de cocina entre las manos, salió Cecilia Valdés a la calle, corriendo le dió varias vueltas a la ciudad y por último, verdaderamente desencajada, entró en la sastrería donde trabajaba José Dolores Pimienta.

—¡José Dolores! ¡José Dolores! —rugió Cecilia abrazando por primera vez al mulato que la idolatraba—, ese casamiento no debe efectuarse.

—Pues cuente mi Celia conque no se efectuará —dijo el joven tomando el cuchillo y saliendo a la calle.

Entonces Cecilia, el pelo revuelto, el traje suelto, le gritó de nuevo:

—¡José Dolores, a él no! ¡A ella! ¡Sólo a ella!

Nunca tan pocas palabras pudieron causar tanto dolor en un ser humano. Porque en ese momento José Dolores Pimienta comprendió hasta qué punto Cecilia amaba a Leonardo y cuánto lo despreciaba a él. Pero el mulato se contuvo para no gritarle a su amada la palabra que quería salir de su boca, y corrió hacia la iglesia.

En la base de la inmensa escalinata que comunica con la catedral, don Cándido Gamboa, vestido impecablemente y con el sombrero en la mano, saludaba a todo el mundo. Numerosas señoras que habían dejado abajo sus carruajes se unieron al ya nutrido grupo. La iglesia estaba repleta y el altar resplandecía fastuosamente adornado con todo tipo de flores además de millares de cirios y bujías.

Un selecto coro de monaguillos del colegio de los padre belenitas cantó una salve. Luego comenzó la música del ritual mientras que por el largo pasillo avanzaba Isabel Ilincheta, largo y brillante traje de seda blanco, velo calado en oro y un gigantesco ramo de azahares en una mano. A su lado, vestido de frac, marchaba Leonardo.

Ponían ya los novios el pie en el último escalón del altar, donde el párroco y demás oficiantes religiosos esperaban para culminar la ceremonia, cuando un mulato surgiendo rápidamente de entre las columnas del templo con el sombrero calado hasta las cejas tropezó con Leonardo y desapareció al instante.

Llevóse el joven Gamboa la mano al pecho y emitió un gemido sordo apoyándose en el brazo de Isabel. A la altura de la tetilla izquierda le había entrado el cuchillo hasta el mismo corazón.

En un segundo, Isabel que era la única persona que había presenciado el asesinato, comprendió que de no realizarse la boda, la fortuna de la casa Gamboa no pasaría a sus manos. Por lo que, mientras sonreía radiante a todo el público allí conglomerado, introdujo el enorme ramo de azahares en la herida del novio evitando así el inminente derramamiento de sangre, y con su otro potente brazo velado por el traje de ceremonia arrastró a Leonardo hasta el altar donde el cura veía con desconcierto cómo el joven empalidecía por momentos. Rápidamente contestó la novia las preguntas del religioso, engolando la voz cuando respondía por Leonardo. Rápida y hábilmente hizo ella misma el intercambio de sortijas matrimoniales, y, siempre sonriendo, mientras sujetaba al esposo moribundo, besó sus mejillas... Pero astuta como pocas, comprendió entonces que de no tener un hijo con aquel hombre que agonizaba los abogados de don Cándido, "esas alimañas ilustradas y siniestras" (se dijo) la desheredarían.

Así, ante el asombro de curas, monjas, monaguillos y de toda la distinguida concurrencia, Isabel Ilincheta, en pleno altar, se hizo poseer por el joven que expiraba aprovechando (ella lo sabía) ese espasmo final que es característico de todo moribundo.

Retumbó entonces en toda la nave religiosa un indignado y agudo clamor de asombro y protesta.

Cumplidos los requisitos, la viuda sustrajo el ramo de azahares de la herida. De modo que la sangre acumulada, que se agolpaba aún con mayor violencia por el esfuerzo realizado, salió en forma de un poderoso chorro bañando tanto al regio traje de novia como los rostros de los concurrentes.

Retumbó entonces en toda la nave religiosa otro indignado y agudo clamor de asombro y protesta.

—¡Al asesino! ¡Al asesino! ¡Al asesino de mi esposo! —Gritó en ese momento Isabel señalando para las

132

columnas por donde hacía rato que había desaparecido José Dolores Pimienta.

Retumbó entonces en toda la nave religiosa el tercer indignado y agudo clamor de asombro y protesta. Y casi toda la comitiva se lanzó en persecución de José Dolores Pimienta quien a esas alturas, y aprovechando los festejos del día, burlaba la muralla y se internaba también en las tierras vírgenes de extramuros.

Con aire de verdadera derrota entró don Cándido aquella tarde en su residencia. En un instante toda la fortuna de la casa Gamboa había pasado a manos de Isabel Ilincheta, y como si eso fuera poco su único hijo había sido asesinado por un mulato y su queridísima hija Carmen se había fugado con un negro, haciendo del padre el hazmerreir de toda la ciudad y levantando tal roncha en el Capitán General (quien no se consolaba de la pérdida de su preferido) que en un par de horas acusó a don Cándido de corruptor del joven negro y le ordenó abandonar el país. Lo que tendría que hacer en el mismo estado en que había llegado, aunque hecho ahora un viejo.

Pero la casa deshonrada por un negro y la ruida económica eran dos cosas que don Cándido Gamboa no podía (ni sabía) superar.

—¡Tirso! —llamó—, trae el brasero de tres patas.

Corriendo apareció el esclavo con el gigantesco y humeante brasero y se paró delante del señor, desconcertado al ver que éste no sacaba el tabaco para prenderlo.

Don Cándido levantó lentamente los ojos y vió al negro semidesnudo y descalzo con aquel enorme artefacto de plata en alto.

—¡Pégame con el brasero en la cabeza!

El joven esclavo que no entendía bien la orden se quedó inmóvil.

—¿No oíste?

Entonces el esclavo dió un golpe suave en la cabeza de su amo.

¡Oyeme, negro —dijo don Cándido en voz baja pero llena de furia—, ábreme la cabeza en dos con ese brasero o te mato.

133

Al oír aquella singular orden, el negro no vaciló más. Levantó el brasero de tres patas y con toda la furia acumulada y escondida a lo largo de su vida descargó tal golpe en la cabeza de don Cándido que la misma se rompió no en dos pedazos sino en cientos, salpicando las paredes y muebles de la hermosa mansión.

Ante aquel espectáculo, todos los negros, temiendo que de un momento a otro llegaran los gendarmes con los temibles hombres de Cantalapiedra o de Tondá y los ahorcaran, emprendieron la huida no sin antes saquear de arriba a abajo la residencia.

Al otro día el cartero golpeó varias veces la aldaba de bronce de la puerta principal y como nadie respondía deslizó por el zaguán un largo pergamino. Era el título de Conde de la Casa Gamboa que finalmente los Reyes de España se habían dignado a enviarle a don Cándido. Una negra vieja que había quedado rezagada desenrolló el pliego y viendo que nada de valor guardaba pensó tirarlo, pero comenzaba el temporal y cubriéndose la cabeza con el pergamino a modo de paraguas salió sigilosa a la calle. Cuando ganaba la Puerta de Monserrate, rumbo a los barrios de Lagunas y Pocitos, las letras y el sello real del título se habían borrado completamente.

madre e hija se encuentran

Conclusiones

A instancias de Isabel Ilincheta, Cecilia Valdés fue condenada por complicidad en el asesinato de Leonardo Gamboa a un año de cárcel en el Convento o Casa de las Recogidas de Paula. Allí se encontró con su madre, Rosario Alarcón, quien al reconocer a su hija recobró la razón. Al cumplir Cecilia su sentencia, Rosario la esperaba a la entrada de la prisión y le comunicó entonces toda la verdad. Esto es, que Leonardo Gamboa era su hermano.

—Con razón nos queríamos tanto —dijo Cecilia soltando un suspiro y abrazando a su madre.

En cuanto a Carmen y Tondá, perseguidos por las tropas del mismísimo Capitán General que no perdonaba la traición de su favorito, se refugiaron en un palenque de negros cimarrones. Allí se encontraron con Dionisios que había sido llevado a ese lugar por Dolores Santa Cruz y quien además le había servido de curandera. Dionisios pasó a ser el cocinero de todo el palenque, preparando unos ajiacos realmente exquisitos. Por su parte, Dolores Santa Cruz seguía luciendo, para deleite de los hijos de Carmen y Tondá (unos mulaticos insoportables), la hermosa cabellera de la Condesa.

Pasaron varios años y por la negra, que aún disfrazada de mendiga y loca hacía sus incursiones en La Habana, se supo que José Dolores Pimienta todavía no había sido capturado. También dolores Santa Cruz contaba que la hija de Cecilia Valdés era ya una niña espigadísima y *satísima* (subrayaba) que se pasaba día y noche recorriendo descalza plazas y calles y conversando en secreto con Leonardito lo cual enfureció so-

se repite la historia

bremanera a la madre del hermoso niño, la Condesa doña Isabel de Ilincheta y Gamboa.

—Tocante a Cecilia —agregaba un poco tristona la Santa Cruz poniéndose y quitándose la peluca—, ya no es la misma. Ha engordado demasiado, va mucho a la iglesia, rara vez aparece tras los balaustres de la ventana y cuando lo hace es sólo para llamar a gritos a su hija que por otra parte nunca le responde.

CAPITULO XXXIII
Del Amor

Sangre en el templo. Sacrificio y piedra de escándalo. Así era y así tenía que ser un gran amor. Porque un gran amor —pensaba ahora Cecilia, subiendo ya con dificultad La Loma del Angel— de ninguna manera podía someterse a las normas y a las leyes convencionales que lentamente lo asfixiarían, convirtiéndolo en una rutina más de nuestro morir cotidiano, sino que tenía que ser algo violento, único y breve que —estallando convirtiése en llamaradas nuestra alma —y también nuestro cuerpo— reduciendo luego el resto de nuestra vida a cenizas por las cuales automáticamente seguiríamos transitando estimulados sólo por el recuerdo.

Celos, anhelos, sufrimientos, soledad que el tiempo vuelve un calmado goce, pasajero deleite que por perdido y breve se enaltece. Vernos allá, lejanos e irrepetibles, por última vez adentrándonos uno en el otro, y disfrutar ahora, precisamente ahora, más que nunca de aquel encuentro que de haberse prolongado sería ya un fastidio... Un amor, un gran amor, ¿qué era sino una ilusión que estimulamos, mitificamos y alimentamos con nuestra propia soledad, con nuestra propia miseria y con nuestro propio amor? Así había ella enaltecido y mitificado lo que en Leonardo no fue más que pasajero deseo o vanidades y hasta vulgaridades satisfechas. De qué manera ella, todos, habían convertido (y convierten) los gestos más soeces del amante en acciones sublimes. Y ante esas acciones nos rendimos, y a esas acciones nos sometemos. Y con el tiempo esas acciones que nunca fueron extraordinarias, ni nobles, ni sublimes, sino simples manifestaciones vitales, fútiles ca-

137

amor = invención

prichos, pasajeros excesos rápidamente saciados y olvidados, adquieren dimensiones casi mágicas, sagradas, inconcebibles... Ahora lo com prendía, ahora lo comprendía todo, y sin embargo, no estaba arrepentida de nada.

Porque un gran amor no es siquiera la historia de un gran engaño o de una cruel traición que tomándonos por sorpresa nos deja sólo la desmesura de nuestra perplejidad, sino que un gran amor es la escueta crónica de un autoengaño que voluntariamente nos imponemos y padecemos, y disfrutamos. Gestos que, sabiéndolos circunstanciales, magnificamos; promesas que, aunque seguros de que con la misma fuerza conque se pronuncian así se olvidan, acatamos; juramentos que, sabiendo que jamás se cumplirán, exaltamos, y para ellos y gracias a ellos vivimos. Porque un gran amor no es la historia de un g an amor, sino su invención.

Que esa invención sea absurda, que culmine en burla o violentamente quede trunca cuando más la exaltábamos es requisito elemental para que adquiera la categoría de un gran amor. Ahora los comprendía. Y comprendía más: comprendía claramente que su ceremonia nupcial también había tenido lugar años atrás en la Iglesia de la Loma del Angel. Porque fue en ese momento, mientras Leonardo, del brazo de Isabel Ilincheta, era apuñaleado y asesinado, cuando realmente culminó entre Cecilia y él la unión absoluta y verdaderamente sagrada. Porque un gran amor es también la historia de un fracaso o de una pérdida irreparable.

Así pensaba Cecilia mientras entraba una vez más en la iglesia del Angel, único lugar que ahora visitaba frecuentemente. Y aunque todos pensaban que iba allí a implorar perdón, lo cierto es que subía la Loma del Angel sólo para dar gracias al cielo por haberle deparado la dicha de revelarle lo que realmente era un gran amor. Conocimiento que de no haber tenido lugar la muerte (o el sacrificio) de Leonardo en la flor de su juventud, ella nunca hubiese alcanzado.

En ese sentido —y ya caía de rodillas— le estaba verdaderamente agradecida a los dioses.

138

CAPITULO XXXIV
Del Amor

    ¿Estará ella pasando frío? ¿Tendrá hambre? ¿Correrá algún peligro? ¿Se aprovechará alguien de su desamparo? ¿Alguien querrá poseerla por la fuerza? ¿Alguien por la fuerza la estará poseyendo en estos momentos? ¿O se habrá entregado por miseria o sencillamente por puro placer mientras yo, escondido, acosado y deambulando la nombro? ¿O estará sola, tan sola como yo y hasta quizás algunas veces me recuerde y hasta haya tenido un pensamiento de afecto hacia mí? Dios mío, ¿sufrirá ella al pensar cuánto frío estoy pasando, cuántos peligros arrostro a cada instante, qué calamidad verdaderamente sin consuelo es ésta de vivir prófugo, durmiendo a la intemperie, comiendo lo primero que encuentre, escondiéndome en cualquier hueco o cueva llenos de alimañas? ¿Sabrá ella lo que es realmente vivir sin compañía, sin poder hacer causa común con nadie, sin poder contarle a nadie mi amor y mi horror?... ¿Y ella? ¿Cómo vivirá? ¿Quién la mantiene? ¿Cómo se las arregla para no morir de hambre? ¿Quién la galanteará ahora tras la ventana? ¿En qué piensa por las noches cuando los demás, acompañados, se dispersan? ¿Pensará en mí? ¿Pensará que estoy pensando en ella? ¿Pensará que pronto seré capturado? **Pensará: ¿Hasta cuándo podrá sobrevivir? ¿Dónde pasará la próxima noche? ¿Con qué se cubrirá cuando sus ropas desgarradas se le caigan del cuerpo? ¿Hasta cuando podrá sobrevivir?...** *Dios mío, ¿pensará ella que estoy pensando en ella? ¿Estará ella también pensando en mí, y de alguna forma, ahora mismo están nuestros pensamientos confluyendo? ¿Están entonces ahora*

nuestros pensamientos más unidos que nunca? ¿Estaremos unidos más que nunca ahora? ¿Habrá por lo menos comprendido cuánto la quiero? ¿En su dolor habrá sitio para el mío? ¿Me habrá entendido? ¿Me habrá perdonado? ¿Sabrá ahora, como lo sé yo, lo que es realmente un gran amor? ¿Sabrá que a pesar de todo soy casi feliz por el solo hecho de existir así, hambriento, prófugo, condenado y acorralado, pero sabiendo que en algún lugar ella también existe y por una u otra razón en mí a veces tiene que pensar?... Sí, si no es a través de ella, por lo menos a través de mí, Cecilia tiene que saber lo que es realmente un gran amor; y por eso, de alguna manera, somos cómplices y hasta amigos. Y eso es suficiente. Porque un gran amor, para serlo, no sólo no puede realizarse, sino que ni siquiera puede ser interferido por esa esperanza; porque un gran amor no es sosiego ni satisfacción, sino renuncia, lejanía, y sobre todo, persecución de que el objeto amado sea feliz aún cuando para ello tengamos que entregarlo a los brazos de nuestro rival... Ahora, que he matado a mi rival, lo comprendo.

Nueva York, 1983 — 1985

ALGUNAS OBRAS PUBLICADAS DE REINALDO ARENAS:

Novelas:

Celestino antes del Alba
El mundo alucinante
El palacio de las blanquísimas mofetas
Otra vez el mar
Arturo, la estrella más brillante
Viaje a la Habana
El portero
La loma del Angel
El color del verano
El asalto

Teatro:

Persecución (Cinco piezas de teatro experimental)

Relatos:

Termina el desfile
La vieja rosa

Poesías:

El central
Voluntad de vivir manifestándose
Leprosorio (Trilogía poética)

Ensayos:

Necesidad de libertad
Plebiscito a Fidel Castro (en colaboración con Jorge Camacho)

Antes de que anochezca (memorias)

REINALDO ARENAS nació en Holguín, Cuba, en 1943. De 1974 a 1976 estuvo confinado en la prisión de El Morro. Salió de Cuba (por el Puerto de El Mariel con otros 125,000 cubanos) en 1980, radicándose en Nueva York. Obtuvo las becas *Cintas* y *Guggenheim*, así como el premio al mejor novelista extranjero publicado en Francia en 1969.

Su obra ha sido traducida al inglés, al francés, al alemán, al italiano, al portugués, al holandés, al japonés, al turco, al polaco, al finés, al sueco y al sistema Braille para ciegos. En 1988 (antes del derrumbe del campo socialista) redactó la primera carta abierta a Fidel Castro, solicitándole un plebiscito. Dicha carta ha obtenido una repercusión mundial (e innumerables variantes) y ha sido firmada por cientos de personalides, incluyendo nueve Premios Nóbel.

El viernes 7 de diciembre de 1990 puso fin a su vida. En carta enviada al Director del *Diario de las Américas* de Miami, Dr. Horacio Aguirre se despide escribiendo:

Queridos amigos: debido al estado precario de mi salud y a la terrible depresión sentimental que siento al no poder seguir escribiendo y luchando por la libertad de Cuba, pongo fin a mi vida. En los últimos años, aunque me sentía muy enfermo, he podido terminar mi obra literaria en la cual he trabajado por casi treinta años. Les dejo pues como legado todos mis terrores, pero también las esperanzas de que pronto Cuba será libre. Me siento satisfecho con haber podido contribuir aunque modestamente al triunfo de esa libertad. Pongo fin a mi vida voluntariamente porque no puedo seguir trabajando. Ninguna de las personas que me rodean están comprometidas en esta decisión. Sólo hay un responsable: Fidel Castro. Los sufrimientos del exilio, las penas del destierro, la soledad y las enfermedades que haya podido contraer en el destierro seguramente no las hubiera sufrido de haber vivido libre en mi país.

Al pueblo cubano tanto en el exilio como en la isla los exhorto a que sigan luchando por la libertad. Mi mensaje no es un mensaje de derrota, sino de lucha y esperanza.

Cuba será libre. Yo ya lo soy.

Reinaldo Arenas